講談社文庫

攘夷

交代寄合伊那衆異聞

佐伯泰英

講談社

目次

交代寄合伊那衆異聞

攘夷

◆『攘夷——交代寄合伊那衆異聞』の主要登場人物◆

座光寺藤之助為清《ざこうじとうのすけためすが》　信州伊那谷《いなだに》千四百十三石の直参《じきさん》旗本・交代寄合《こうたいよりあい》座光寺家当主。二十二歳。信濃一傳流《しなのいちでんりゅう》の遣《つか》い手。出奔《しゅっぽん》した前当主・左京《さきょう》為清を討ち、成り代わる。

高島玲奈《たかしまれいな》　長崎町年寄・高島了悦《りょうえつ》の孫娘。射撃や乗馬、操船も得意。藤之助と恋仲に。

酒井栄五郎《さかいえいごろう》　千葉周作《ちばしゅうさく》道場で藤之助と同門。長崎海軍伝習所の入所候補生。

一柳聖次郎《ひとつやなぎせいじろう》　大身旗本の御小姓番頭《おこしょうばんがしら》の次男。海軍伝習所の入所候補生。

能勢隈之助《のせくまのすけ》　海軍伝習所演習中の事故で左手首を失うが秘かに唐人船で澳門《マカオ》へ向かう。

勝麟太郎《かつりんたろう》（海舟《かいしゅう》）　幕臣。海軍伝習所第一期生で重立取扱《じゅうたつとりあつかい》。三十三歳。

永井玄蕃頭尚志《ながいげんばのかみなおゆき》　長崎伝習所初代総監。

光村作太郎《こうむらさくたろう》　長崎目付。行方不明の能勢らの探索で藤之助に不審を抱く。

飯干十八郎《いいぼしとおはちろう》　長崎奉行所の隠れきりしたん探索方。

大久保純友《おおくぼすみとも》　大目付宗門御改《おおめつけしゅうもんおあらため》に抜擢《ばってき》。隠れきりしたん摘発の三番崩れを指揮。

椚田太郎次《くぬぎだたろうじ》　長崎江戸町惣町乙名《そうまちおとな》。藤之助の支援者。

御幡儀右衛門《おはたぎえもん》　時計師。鉄砲鍛冶《かじ》有吉作太郎《ありよしさくたろう》と、藤之助に三挺鉄砲を製作する。

ドーニャ・マリア・デ・薫子《かおるこ》　玲奈の母。外海《そとめ》系隠れきりしたんの女長《おんなおさ》。夫はイスパニア人の医師。

夏越六朗太《なつごしろくろうた》　水戸藩士。両剣時中流《りょうけんじちゅうりゅう》の遣い手。攘夷《じょうい》派の浪士団を率いる。

おらん　座光寺家の前当主・左京と大金をくすね出奔した吉原の女郎・瀬紫《せむらさき》。

黄武尊《こうぶそん》　長崎・唐人屋敷の筆頭差配。

第一章　三番崩れ

一

晩秋を迎え、長崎のあちらこちらの路地や庭を彩っていた白縮緬《しろちりめん》、宗旦《そうたん》、祇園守《ぎおんまもり》など木槿《むくげ》の花が散り落ちた。長崎町年寄高島《まちどしよりたかしま》家の塀の外には白と紅の絨毯《じゅうたん》が敷かれたほどだ。

長崎に激震が走った。

座光寺《ざこうじ》藤之助《とうのすけ》は長崎伝習所剣術道場で伝習生や千人番所の藩兵相手にいつものように率先指導にあたっていた。

その時、藤之助は江戸から一緒に長崎入りした一柳聖次郎《ひとつやなぎせいじろう》と打ち込み稽古《げいこ》をしていた。

聖次郎はなんとかして藤之助に一泡吹かせようと激しく動き回り、執拗《しつよう》な攻撃を加えて藤之助の体を崩そうと試みていた。だが、いつの間にか藤之助の静かなる威圧に連鎖した動きがちぐはぐなものとなり、緩慢になっていた。いや、手が動かなくなったことさえ聖次郎は気付いていなかった。

「どうした、聖次郎」

「なにくそ！」

聖次郎は後退する自分に気付かされて慌《あわ》てて反撃に出た。藤之助の眼を睨《にら》み返し巻き込むような胴打ちを送り込んだ。聖次郎が得意とした技だ。

ふわり

と風を感じた。その瞬間、

びしり

としなやかな面打ちに見舞われ、腰ががくんと下がって思わず聖次郎は片膝《かたひざ》を突いていた。

そのとき、長崎奉行所の大太鼓が鳴り響き始めた。すぐに喇叭《ラッパ》の調べも加わった。

「非常呼集ぞ！」

道場内からその声が上がり、

「ご免《めん》」

と声を残した千人番所の佐賀藩兵らが稽古着のままに剣道場から飛び出していった。長崎奉行所の同心、伝習所幹部らが続いた。

道場から大半の人間が消えた。

残ったのは伝習所の生徒だけだ。

「異国船が入ったか」

酒井栄五郎《さかいえいごろう》が藤之助の傍《かたわ》らに走ってきて訊《き》いた。片膝を突いたままの聖次郎は頭を振っていた。

「先月英吉利《イギリス》海軍の砲艦が湾内に侵入したときもかような騒ぎはなかったぞ」

藤之助が答えていた。

若い三人は師弟の間柄だ。だが、江戸から一緒に船で長崎入りしたこともあり、立場を超えて真の友のように付き合っていた。

「そなたらも伝習所に戻り、待機していたほうがよかろう」

藤之助の言葉に、残っていた伝習生や候補生らが剣道場から飛び出していった。

道場から人影が消え、がらんとした。

ふいに藤之助は孤独の想いに見舞われた。騒ぎとは無縁の中に独りいた。

木刀を構え直した藤之助は乱れた集中心を取り戻そうとしたが諦《あきら》めた。木刀を壁の道具掛に戻し、剣道場を出ると井戸端に向かった。

庭の黄葉した桜から風にはらはらと散り残った葉が舞い落ちていた。

藤之助は諸肌《もろはだ》を脱いだ。

人の気配がした。植え込みの向こうに縞模様が動いた。

「そなたは」

相手の体が返事をするように大きく動き、

「玲奈《れいな》嬢様がお呼びにございます」

と声が答えた。

「どこに参ればよいな」

「梅《うめ》ヶ崎《さき》の蔵屋敷に」

「仕度《したく》を整える」

「お待ち申しております」

植え込みの向こうから人影が消えた。

藤之助は水に浸《つ》けて固く絞った手拭《てぬぐい》で体の汗を拭き取り、部屋に戻った。広い部屋は藤之助専用の座敷だ。

稽古着を脱ぎ捨て、下帯一本になるとまず座敷の隠し戸棚の中から革鞘《ホルダー》に入った三十二口径五連発短銃を出し実包が装填《そうてん》されているかどうかを確め、裸の左脇下に吊《つ》った。亜米利加《アメリカ》製のスミス・アンド・ウエッソン社製造の1／2ファースト・イシュー輪胴式連発短銃《リムファイヤーリボルバー》だ。

ぴたり

と収まった。

藤之助は予備の銃弾を用意した。

玲奈の呼び出しが非常呼集と関わりがあるように思えたからだ。普段着《ふだんぎ》を身に付けると連発短銃が隠れた。腰に愛刀の藤源次《とうげんじ》助真《すけざね》と脇差《わきざし》長治《おさはる》を差し落した。

「よし」

藤之助は小さな声で言い聞かせると座敷を出た。

伝習所の門前の警護は普段どおりだった。だが、長崎奉行所西支所から大勢の捕り方が大波《おおは》止《と》に走っていった。

その様子を見ていると伝習所初代総監永井《ながい》玄蕃頭《げんばのかみ》尚志《なおゆき》の声がした。

「座光寺先生おでかけか」

「教えるべき生徒が一人もおりませぬ。何事か起こったかと町を見て回ろうかと存じます」

首肯《しゅこう》した永井が、

「此度《こたび》のことには関わらぬほうがよい、座光寺」

と険しい顔で命じた。

「何事です」

「隠れきりしたんの摘発でな」

藤之助は永井と顔を見合わせた。

「気になるか」

「長崎に関わりの人間なれば当然のことにございましょう」

藤之助は当たり障りのない返事をした。

「浦上《うらかみ》の隠れきりしたんである」

藤之助は頷《うなず》き返すと、

「総監、ご免くだされ」

と別れの挨拶《あいさつ》を送った。

大波止の騒ぎを横目に長崎の町に入っていく藤之助の背に永井の視線が張り付いて

いるのを意識しながら、藤之助は悠然とした歩みを保った。

梅ヶ崎にある長崎町年寄の高島家の蔵屋敷には玲奈の姿はなかった。

船がかりには玲奈の愛艇のレイナ号がすでに仕度を終えて待っていた。舵棒《かじぼう》を握っているのは中年の男で、藤之助は顔を合わせたことがなかった。

藤之助は助真を腰から抜いた。

「座光寺様、ご苦労に存じます。玲奈嬢様のところまで案内させてくだされ」

藤之助は頷くと助真を手に西洋式小帆艇《しょうはんてい》に乗り込んだ。すぐに舫《もや》い綱が外され、男が座ったまま櫓《ろ》を漕《こ》いで閉ざされた水門に向かった。

レイナ号は阿蘭陀《オランダ》船に乗り組んでいた船大工が玲奈に贈った小帆艇である。蔵屋敷において造船される間、高島家の船大工も手伝ったとか。無風のときの動力として西洋式の櫂《かい》ではなく和船の櫓を採用したのも和船の船大工の考えを取り入れてのことだ。だが、和船のそれより櫓は全体的に小ぶりで扱いがよいように出来ていた。

水門が開かれ、レイナ号は長崎湊《みなと》に出た。

秋の陽射しが長崎湾から対岸の稲佐山《いなさやま》に降り注いでいた。操船する男は風具合を確かめ、帆を張った。

ばたばた

と風にたわんだ帆が次の瞬間風を孕《はら》み、波を切り裂き始めた。

藤之助は梅ヶ崎を出た小帆艇の走りが落ち着くまで視線を出島《でじま》に向けた。

出島商館の北側にある旗竿《はたざお》にへんぽんと阿蘭陀国旗が風に翻《ひるがえ》っていたが、格別訝《いぶか》しい様子はなかった。

レイナ号の走りが安定した。

藤之助は体の向きを変えた。すると操舵する男と視線が合った。

「座光寺藤之助様、お初にお目にかかります。時計師御《お》幡《はたぎ》儀右衛《え》門《もん》にございます」

「おおっ、そなたが三挺鉄砲を設計した時計師どのか」

儀右衛門が笑みを返した。

廷竜尖《ていりゅうせん》の臼砲《きゅうほう》に対抗するため玲奈が蔵屋敷の地下に隠されていた試作品の三挺鉄砲を引き出し、藤之助がその威力を実戦で試していた。設計者と製作者の鉄砲鍛冶《かじ》有吉《ありよし》作太《さくた》郎《ろう》に断りもなしにだ。

「そなたらが苦心した三挺鉄砲、海の底に沈めてしもうたわ」

「銃弾詰まりを起こしたそうで」

アメリカの医師リチャード・ジョーダン・ガトリングが五本の銃身を束ねた連発銃、機関銃の前身となるガトリング砲を発明製作するとほぼ同じ時期、儀右衛門らは三本の銃身から交互に一インチの銃弾を発射する三挺鉄砲を試作していた。

「最初は実に快調に作動していたがな、三連射めが、銃弾詰まりを引き起こした。それがしの操作が未熟でちと強引であったせいだろう」

「座光寺様、あやつは試作品にございましてな、未完成の代物にございました。もうちぃと工夫が足りませんでしたな。座光寺様の扱いが格別悪かったわけではございませぬ」

と笑った儀右衛門が、

「異国の凄いところは、売りに出すまで徹底的に試して欠点を取り除く設計師と鉄砲鍛冶の熱意にございますよ。われら、そこまでの時を重ねておりませなんだ。銃弾詰まりだけで済んだことに感謝しております。座光寺様は運よい方にございます」

「銃弾詰まりで爆発を起こしたというか」

「その可能性もないわけではございませんでした。われらが勉強すべきは異人職人が作り出した製品だけではございません、その設計製作に対する徹底振りを学ぶべきです」

藤之助はただ頷いた。

レイナ号の舳先《へさき》は長崎湾口に向けられた。

「座光寺様が身に着けておられる五連発短銃も試作品にございます。製品にして売り出す前に工場から流れて長崎にやってきたものです。われら、試作品のどこに欠点があるのか、作太郎さんと何度も分解しては組み立て実射してみました」

儀右衛門は常時藤之助がスミス・アンド・ウエッソンを携帯していることを承知していた。

「ほう、そなたらの手で試射が行われていたか」

「玲奈嬢様は欠点のある銃を座光寺様に差し上げられないと、われらとご一緒にその銃の欠点を徹底的に突き詰めました」

「あったか」

「はい。輪胴が回る動きにわずかながら齟齬《そご》がございました。長時間の射撃で銃弾詰まりを起こす可能性がございましたが、作太郎さんが丁寧な仕事を加えましたので、もはやその心配はございません」

「作太郎どのにも伝えてくれぬか。これまで何度か実戦に供したがなんの支障もないとな」

「玲奈嬢様がいつも申されております。座光寺藤之助様は天性の道具使いじゃと」

「それがしは伊那《いな》の山猿、なにも考えておらぬでな」

「人間の勘《かん》というものは不思議なものにございましてな、新しい道具にすうっと合う方とまるで使いこなせないお方に分かれます。座光寺様はその勘をお持ちの、それも稀有《けう》の才能をお持ちの方のようです。やはり剣術で磨かれ抜かれた五感がよいほうに作用していると思えます」

「さてそれはどうかのう」

レイナ号は佐賀藩兵が詰める戸町《とまち》番所を横目に長崎湾へと出た。小帆艇は西へと舳先を向けた。

「最前、長崎西支所に非常呼集が告げられた。剣道場からだれもいなくなったところにそれがしが玲奈どのから呼び出された。なんぞ関わりがござろうか」

御幡儀右衛門が困った顔をした。

「そなた、案内を頼まれただけなれば答えずともよい」

「座光寺様、推論でよければお答え致します」

「それでよい」

「おそらく関わりがございましょう」

藤之助は玲奈の母親ドーニャ・マリア・薫子《かおるこ》・デ・ソトが隠れきりしたんの女長《おんなおさ》であることを承知していた。

過日、この邪宗徒の一件に絡み、藤之助は隠れきりしたん狩りの名人にして小人目《こびとめ》付《つけ》の宮内桐蔵《くないとうぞう》と対決して斃《たお》し、薫子らの捕縛を阻止した経緯《いきさつ》があった。

「此度も玲奈どのの母親が危機に落ちておられるのか」

「いえ」

と答えた儀右衛門は視線を藤之助から外してしばし沈思し、覚悟を決めたように顔を藤之助に向け直した。

「玲奈嬢様からはなんのお指図もございませんが、私の一存にて知りうるかぎりをお伝え申します」

「無理ならばよい」

「いえ、事情を少しでも分かって頂いていたほうが座光寺様のその後の行動に都合がようございましょう。いえ、この前置きはこちらの勝手な言い分にございますな」

儀右衛門が苦笑いした。

「長崎の地下人《じげにん》がすべて隠れきりしたんではございませぬ。ごく一部の人間が異国の邪宗に帰依《きえ》しているだけにございます。隠れきりしたんであれ、長崎の地下人に変わりはございませぬ。われらは隠れきりしたんであろうとなかろうと、踏み絵を踏もうと踏むまいと互いの信心やら考えを尊重して参ったのでございます」

藤之助は短い長崎滞在の間にそのことを痛感させられていた。

この長崎には、いや世界には徳川幕藩体制下で押し付けられる規範やならわし、さらには諸々の停止《ちょうじ》禁止令とは別の考えやら習わしがあることを勉強させられていた。

「江戸から参られたお役人衆は一言で隠れきりしたん、邪宗徒として片付けられますが隠れきりしたんには生月島《いきつきじま》系、平戸《ひらど》島《しま》系、福江《ふくえ》島《じま》などの五島《ごとう》系、出津《しつ》、黒崎《くろさき》を中心とした外海《そとめ》系、そして、家野《よの》、岳路《たけろ》を中心とした長崎系といろいろ信徒団がございます。玲奈嬢様の母上は外海系の信徒衆を代表されておられるのです」

「外海系とな」

「長崎から離れた大村湾に面した地域を内海《うちめ》と呼び、西に五島灘に面した海岸地域を外海、外目《ほかめ》と称します。内海系の隠れきりしたんは明暦《めいれき》三年（一六五七）の郡崩《こおりくず》れ以降、きりしたん信仰は途絶え、日蓮宗《にちれんしゅう》に改宗しました。これに対して外海、外目の神浦《こうのうら》、大野《おおの》、出津、黒崎、樫山《かしやま》、三重、畝刈《あぜかり》の海岸線の集落は辺鄙《へんぴ》な地にございまして、今も隠れきりしたんの信徒が残っておるのです」

「ドーニャ・マリア・デ・薫子様は外海系の女長というわけじゃな」

「はい」

と答えた儀右衛門は福崎を巻くように海峡に小帆艇レイナ号の進路を転じた。

藤之助は外海系の隠れきりしたんが住む漁村に玲奈が待っているのかと推測した。

「此度の手入れは浦上の信徒にございます」

「と、伝習所総監に聞いた」

「奉行所の密偵、佐城《さじょう》の利吉《りきち》ら三人が浦上に隠れ信徒と偽って入り込み、長年にわたり、探索を行ってきたのです。浦上方では薄々と利吉らの正体を分かった上で自由に泳がせておりましてな、監視だけは張り付けておりました。利吉の奉行所への報告には、虚実を入り混じらせて情報を与え、あれこれと手を打ってきたようです。それが此度、監視の目を掻《か》い潜《くぐ》って奉行所に利吉の厳しい報告が入った様子でございます。それによりますと、浦上の住人のだれとだれがきりしたんであり、本名の他に男はジワンノ、カラノ、ミギリノなどとノの音で終わる洗礼名を、女邪宗徒は、ジワンナ、カラナ、イザベリナというようにナで終わる別名を持っていることまで、浦上の隠れきりしたんの詳しい秘密を報告したそうで、それが本日の取り締まりとなったと思えます」

藤之助は驚いた。

利吉ら長崎奉行所の下っ引きが隠れきりしたんに扮《ふん》して信徒衆に紛れ込んでいるこ

とは藤之助にも当然推測された。

だが、下っ引きの潜入を隠れきりしたん側も利用して泳がせ、またそれを掻い潜って利吉が奉行所に内情を通告し、奉行所に届いた報告に基づき、大捕り物が開始されたことを、時を待たず長崎の地下人の一部は承知しているという情報伝達の迅速な事実に驚いたのだ。

「ということは此度の手入れ、直接的には玲奈どのの母親の外海系には関わりがないことだな」

「おそらくなかろうと思います」

となれば玲奈が藤之助を呼び出した理由はなにか。

小帆艇の船足が弛《ゆる》んだ。

儀右衛門が縮帆したせいだ。

藤之助は馴染《なじ》みの島影を眼前にしていた。

長崎湾口に浮かぶ鼠島《ねずみじま》だ。

「ここに玲奈どのが待っておられるか」

儀右衛門が頷くと鼠島の入り江にレイナ号を入れた。

二

「天門峯《てんもんほう》の西南にあり初めの名は子角嶋なり。戸町浦の真北に当たる故《ゆえ》の名なり。世に伝う深堀茂宅《ふかほりしげたく》長崎氏と此《この》嶋を賭物にして樗蒲《ちよぼ》をなす長崎これに勝ちて遂《つい》に此しまを取り得たり。今はなほ旧《ふる》きによつて鎮に属せり。近世里民地を開き畠《はたけ》とするに鼠　甚《はなはだ》多くして畑物成らず。由《より》て今の名となすといふ……」

『長崎名勝図絵』の鼠島の項だが、長崎奉行所では前年の安政二年二月に異国人の遊歩場、遊泳場として鼠島を開放していた。

藤之助は舳先に立ち、馴染みの岩場で囲まれた小さな入り江を見渡した。

人影一つ見えなかった。だが、明らかにレイナ号の行動を見詰める目があった。

秋の日は穏やかに中天にあった。

岩場の陰から一つ、いや、二つの人影が姿を見せ、身軽にも岩の上に飛び乗った。

海路鼠島に上陸したらしい若い武士で、二人は一文字笠の縁を手で上げて藤之助らの行動を見ている。背に風呂敷包みを負っていた。

儀右衛門はなにも言わず停船作業に没頭していた。

岩場に立つ二人も黙したままだ。

藤之助は二人に会釈を送った。だが、二十数間先の岩場の二人は、にこりともしなかった。

レイナ号の舳先が入り江の砂を噛《か》み、停船した。下された帆が風にぱたぱたと鳴った。

ふわり
橙《だいだい》色を感じる秋の陽射しの中に鍔広《つばびろ》の帽子に白い衣装の高島玲奈が浮かび上がるように姿を見せた。

藤之助は舫い綱を手に小帆艇から鼠島の砂浜に飛んだ。

砂浜に飛び出た岩に綱を結び付けた。

玲奈が藤之助に駆け寄ると大胆な振る舞いをした。胸に飛び込むと同時に両手を首に回し、藤之助の唇を奪い取ったのだ。

藤之助は岩場の二人が仰天して凝視《ぎょうし》していることを感じながら、その行為に応えていた。

玲奈の五体からいつもの芳《かぐわ》しい香りと一緒に汗の匂いを感じ取った。

玲奈は徹夜した気配があった。

藤之助と玲奈は二度三度と舌先を絡み合わせて挨拶を交わした。そして、玲奈がようやく藤之助の唇を解放した。

「厄介《やっかい》ごとが起こったようだな」

「長崎の町はどう」

と藤之助の問いには答えず玲奈が聞き返した。

「朝稽古の最中、非常呼集が告げられ、剣道場から門弟らはすべて消えた。伝習所の門を出る折、永井総監にお会いしたが隠れきりしたんの捕縛ゆえ、それがしには動くなと釘を刺された」

玲奈が頷き、

「浦上の信徒方に潜り込んでいた密偵が動いたの」

と説明した。

船中儀右衛門に教えられていた藤之助は、ただ頷いた。

「浦上衆は油断したわ、高を括《くく》っていたのね」

「どうなる」

藤之助は言外になにか手伝うことがあるかとの意を込めて問うた。

玲奈が藤之助の左腕をとると自らの腕を絡め、二人の青年武士が立つ岩場に向かいながら、

「永井様のお言葉に従うことね」

「もはや手遅れと申すか」

「三番崩れが起こったの」

玲奈が言い切った。

崩れとは隠れきりしたんが摘発されることだ。これまで長崎の隠れきりしたんは二度の崩れを経験してきていた。

一番崩れは寛政《かんせい》二年（一七九〇）に起こり、十九人のきりしたんが召し捕られた。二番崩れは天保《てんぽう》十三年（一八四二）、密告者があって田原の伊五郎、川端の多八らが捕らえられた。

藤之助の足が止まり、玲奈の顔を見て聞いた。

「外海衆には波及せぬのだな」

驚きの顔で玲奈が見返すと、

「浦上の帳方《ちょうかた》（総頭）吉蔵《よしぞう》は五島に逃げたわ。母は無事よ」

と答え、疲れた声で、

「もはや此度の一件打つ手はないわ、藤之助」

というと今度は軽く藤之助の胸に縋《すが》った。

「別件か」

岩場の二人のことを藤之助は聞いた。

「萩《はぎ》から来られた二人よ、頼みがあるの」

萩とは萩藩毛利《もうり》家の家臣ということだろう。萩藩の別称を長州《ちようしゆう》藩とも呼ぶ。三十七万石の大藩である。

「萩では今年の四月に軍艦造船所を建設なされ、年内にも洋式軍艦を進水するそうよ。だけど、肝心なところで造船の進捗《しんちよく》が滞《とどこお》っているとか。あのお二人はその難問を解決するために長崎に見えられたの」

萩藩は幕府討伐に動き、明治維新の原動力になる一藩である。

天保十三年には玉木文之進《たまきぶんのしん》が私塾松下村塾《しようかそんじゆく》を開いて、新しい時代の到来に準備していた。この玉木の下に甥《おい》の吉田松陰《よしだしよういん》がいて、叔父の玉木が始めた松下村塾を引き継ぎ主宰者となったばかりだ。

この私塾からは後に木戸孝允《きどこういん》、高杉晋作《たかすぎしんさく》、久坂玄瑞《くさかげんずい》、伊藤博文《いとうひろぶみ》、山県有朋《やまがたありとも》、吉田稔麿《よしだとしまろ》、前原一誠《まえばらいっせい》ら明治維新の立役者たちが輩出することになる。

また水戸《みと》藩では洋式帆船旭日丸《あさひまる》を二年半の建造期間を経てようやく竣工《しゅんこう》させたところだった。薩摩《さつま》は藩主島津斉彬《しまづなりあきら》の命で反射炉、溶解炉、ガラス工場、農具、砂糖など西洋の産物を製造する西洋型の工場群集成館を建設していた。さらに南部《なんぶ》藩でも洋式製鉄に、鳥取《とっとり》藩は大砲の鋳造に、鍋島《なべしま》藩でも電信機の製作に取り掛かっていた。すべては浦賀《うらが》に来航したペリー提督の黒船がもたらした「騒ぎ」だった。

だが、藤之助はなにも知らなかった。

玲奈が再び岩場下へと歩き出した。

「藤之助、彼らが長崎を離れるまで命を守ってほしいの」

「承った」

玲奈が再び藤之助の顔を見上げた。

「理由も聞かず二つ返事ね」

「玲奈、ただ今長崎で起こる出来事の大半の是非《ぜひ》、藤之助には判断が付きかねる。だがな、玲奈の申すことなら信頼に足る。おれはそれを信じるだけだ」

ほっほっほ

と玲奈が笑い、藤之助の腕を前後に揺すった。

岩場の二人が呆然とその様子を見ている。

藤之助はその瞬間、背に殺気を感じた。

玲奈の体を砂の上に突き飛ばすと身を、くるりと反転させながら襟口《えりぐち》から脇下に右手を突っ込み、スミス・アンド・ウエッソン社製輪胴式五連発短銃を引き出して撃鉄を起こしざま、銃口を殺気に向けた。

銃を構えた五、六人が引き金に力を入れようとする気配があった。狙いは岩場の二人だ。

岩場の二人が悲鳴を上げた。

藤之助の引き金にかかった指が静かに絞り落とされた。

ずーん

射撃の反動で銃口が虚空に跳ね上がったがそれは藤之助の計算内で、二発、三発と連射され、きりきり舞いに相手が倒れていった。

命をとらぬように足に当てる余裕が藤之助にはあった。

四発目を撃とうとした藤之助の耳に別の銃声が聞こえた。二発が立て続けに響きわたり、残った二人が次々と倒れた。

藤之助は砂に突き飛ばされた玲奈が上体だけを起こして小型短銃を構えている姿に目を止めた。

「お見事よ、藤之助」

玲奈は藤之助の射撃の師匠だった。

「でも、あれほど強く突き飛ばすこともないと思うけど」

と言いながら玲奈は手にしていた小型の輪胴式連発短銃を革の長靴に付けられた革《ホル》鞘《ダー》に戻した。

白い太股《ふともも》が一瞬秋の陽射しに晒《さら》され、また巻衣の下に消えた。

「命が助かっただけ有り難く思うことだ」

藤之助は輪胴を銃身から傾けると射撃した三発を補弾して、脇下の革鞘に戻した。

藤之助が玲奈に手を差し伸べると、
ぴょん
と飛び起きた玲奈が再び藤之助の唇を奪った。

藤之助は鉄砲を持った刺客に仲間がいることも気配で分かった。

「玲奈、鼠島にこれ以上いるのは剣呑《けんのん》だぞ」

玲奈が頷き、岩場の青年武士に、

「お二人さん、行くわ」

と命じると藤之助が玲奈の手を引き、小帆艇に走った。

驚きから立ち直らないまま二人が岩場から飛び降りてきて、こちらもレイナ号に駆け寄ってきた。

儀右衛門は騒ぎの間にレイナ号の向きを変えて、出船できるように用意を整えていた。小帆艇に藤之助を省く玲奈ら三人が乗り込むと喫水が、
ぐうっ
と上がった。だが、外海でなければなんとか航行できそうだ。

「儀右衛門、替わるわ」

玲奈がいつもの舵棒の艫《とも》に座し、儀右衛門が舳先に入れ替わった。

藤之助が小帆艇の船尾に両手をかけて押すと艇上に飛び乗った。

「藤之助、いらっしゃい」

玲奈が二人だけのときに藤之助が座る定位置に招いた。

藤源次助真を抜いた藤之助が船尾に腰を落とし、萩から来たという青年武士二人が小帆艇の帆柱下の甲板《かんぱん》に遠慮げに座った。

帆が広がり、風を孕んだ。

レイナ号が生を取り戻して沖に向かって走り出した。

ふうっ

と青年武士の一人が溜息《ためいき》を吐《つ》いた。

「名無しではちと面倒じゃな。なんでもよい名乗らぬか」

藤之助が若い武士に向かって問うた。

一人は藤之助より三つ四つ年上と思え、残る一人は藤之助と同年輩と思えた。

二人が顔を見合わせ、

「四谷太郎吉《よつやたろきち》」

「岡田平八郎《おかだへいはちろう》にござる」

とそれぞれに名乗った。

「紹介しておくわ。直参《じきさん》旗本交代寄合《こうたいよりあい》衆座光寺藤之助、ただ今の役職は長崎奉行所内に設けられた海軍伝習所剣道場の教授方よ」

「直参旗本ですと」

年上の四谷と名乗った人物が詰問するように問うた。

「いかにも」

藤之助の返答に二人が顔を見合わせた。

「お二人さん、直参旗本にも変わり者がいるの。座光寺藤之助ならば信用しなさい。

今、長崎で一番有名な人物よ。奉行所、長崎会所《かいしょ》、町衆、唐人屋敷、阿蘭陀屋敷、だれ一人として座光寺藤之助を知らぬ者はいないわ」

「玲奈様、直参旗本がわれらの手助けをなさると申されるか」

「おかしいの」

問い返された四谷太郎吉が目を白黒させた。

「あなた方は領内で造る蒸気船や大砲の製造技術を阿蘭陀士官に問い質し、早々に萩に戻る。その間、座光寺藤之助とこの玲奈があなた方の命は守るわ」

と言い切った。

「四谷どの、岡田どの、最前のように追っ手はこれからも現れると思われるか」

藤之助が玲奈に代わり問うた。

「はっ、それが」

「正直に申されよ、それがし、貴藩の政情などに関心はござらぬ。だが、警護のためにはあのような行為が繰り返されるかどうか承知しておきたい」

「貴殿らが倒された五人だけではござらぬ。残党が、いや、本隊が十人ほど残っていると思われる」

「鉄砲組か」

「いや、剣の手練《てだ》れで組織された暗殺組にござる」

「承知した」

藤之助があっさりと応え、

「安心なさい、お二人さん。藤之助の本業は剣術よ」

と玲奈が言い切った。

レイナ号は真北に航行を続けていた。

竜ヶ崎を越え、前方に神楽島《かぐらじま》が見えてきた。鼠島からおよそ海上三里、外海の南に位置する島だ。

玲奈が舵棒を藤之助に預け、遠眼鏡を革鞄《かわかばん》から出して島に向けた。

「いたわ」

玲奈が遠眼鏡を藤之助に渡すと、

「儀右衛門、合図を」

と命じた。

舳先にいた儀右衛門が舳先下の隠し戸棚から鏡を出すと光を鏡に反射させて船に合図を送った。

藤之助は遠眼鏡で東インド会社所属の阿蘭陀小型砲艦グーダムを見ていた。五、六〇〇トンか、初めて見る船影だ。

小型砲艦が合図を受けて抜錨《ばつびょう》してゆっくりと動き出した。

玲奈が操船する小帆艇も神楽島の沖合へと転進した。押し寄せる波が高くなり、レイナ号に船縁《ふなべり》を越えた海水が入ってきた。

グーダムはゆっくりと自走していた。

その舷側《げんそく》にレイナ号が追いつき、併走した。

グーダムの甲板に阿蘭陀海軍の制服を着た士官が数人姿を見せて、異国の言葉で話しかけた。

玲奈が答え、長々とした問答が繰り返された。

藤之助は甲板上に顔見知りの姿を認めた。

英吉利人貴族のバッテン卿だ。

二人は出島で剣を交えた仲だ。互いに剣を通して人柄を認め合い、会話を交わした間柄だ。

バッテン卿がにこやかな挨拶を藤之助に送ってきた。

藤之助も会釈を返した。

その間にも玲奈と他の阿蘭陀海軍士官との会話は続けられていたが、玲奈が小帆艇に不安そうな顔で乗る萩藩の青年武士に視線を向けた。

「百万遍の言葉より一度の実践訓練と相手がいっているわ。どう、お二人さん、グーダムに乗り組み、あなた方が抱えている造船上の障害、さらには砲術の疑問をぶつけてみない。二日間ならば同乗を許すそうよ」

四谷と岡田が額を寄せ合い、真剣な表情で話し合った。そして、困惑の顔を玲奈に戻した。

「われら、異国の言葉を満足に話せぬ」

「お二人さん、あなた方の熱意次第では言葉の壁もなんとかなるわ。ここはお江戸とも国許とも違うの。どこよりも早く時間が流れている長崎よ。残念ながら通詞《つうじ》を付ける余裕はないし、日限も二日と切られた。それがあなた方に与えられた時間よ」

四谷と岡田が再び顔を見合わせた。そして、

「致し方ござらぬ、高島玲奈様にこれ以上のご無理は申し上げられぬ。われら、なんとか手ぶり身ぶりでわれらの問題を訴えまする」

頷く玲奈に儀右衛門が、口を挟《はさ》んだ。

「玲奈様、乗船の時間は二日間にございますな」

「儀右衛門、付き合う」

「かような機会を見逃すことはございますまい」

時計師としては異国人と技術問答の機会を逃したくないのだ。

頷いた玲奈が小型砲艦に向かって再び何事か話しかけた。するとすぐに返答が戻ってきて甲板から縄梯子《なわばしご》が下された。

玲奈が巧妙な操船でレイナ号を小型砲艦グーダムに寄せた。

「お二人さん、儀右衛門があなた方に同道することになったわ」

「有難うござる」

四谷がほっとした顔をした。

「一つ忠告よ。最前二人だけで難関にぶつかろうと覚悟を決めたことを忘れないでね」

「玲奈様、有り難き幸せにござる。いかにもわれら、自ら抱えた難儀はわれらの力で解決に導くよう、彼らに正面からぶちあたる所存にござる」

「安心しなさい。このレイナ号が迎えに出るわ。萩藩に与えられた時間は二日間よ」

玲奈が念を押した。

「承知してござる」

藤之助は波間に大きく揺れる縄梯子の下を保持した。

「ご免くだされ」

儀右衛門がまず縄梯子に取り付いた。そして、背に風呂敷包みを負った二人の武士が縄梯子を伝い、東インド会社所属阿蘭陀船籍の小型砲艦グーダムに攀《よ》じ登っていった。

　藤之助が縄梯子を外した。

　玲奈が舵を操り、レイナ号をグーダムから離れさせた。すると甲板からバッテン卿が何事か藤之助に言った。

　玲奈が愉快《ゆかい》そうに笑った。

「藤之助、次なる機会には藤之助の手妻《てづま》剣術の罠《わな》には落ちぬとバッテン卿が言っているわ」

「それがしも楽しみにしておると伝えてくれ」

　玲奈の返す言葉が波間に吹き千切《ちぎ》れたように響いた。そして、バッテン卿がにっこりと笑い、大きく手を振った。

三

　小型砲艦グーダムが波間に消えた。

藤之助と玲奈の二人を乗せたレイナ号だけが波間に揺られていた。

藤之助が玲奈を見た。

「帆艇の操作を教えるわ、舵棒を握りなさい」

玲奈と藤之助は座る場所を交代した。いつも玲奈が座る席に藤之助が座り、舵棒を受け取った。

「進路はどちらへ」

「北へ」

とだけ玲奈が指示し、帆綱の弛みを直した。

レイナ号の帆が順風を孕んで北進を始めた。小帆艇の船底が波に下から叩《たた》き上げられるように走り出した。

藤之助は舵棒を左に右に振ってみた。すると藤之助の意はすぐに船体に伝わってレイナ号は舳先を左右に変えてみせた。

「なんとも爽快《そうかい》かな、玲奈のように自在に動かせるようになれば気持ちがよいであろうな」

「藤之助ならすぐにこつを飲み込むわ」

神楽島沖から外海の海岸線を望遠しながらレイナ号は波を切り裂いて進んだ。

三重崎、樫山、仏崎が瞬《またた》く間に飛び去った。

「どこまで北進するな」

「どうせここまで来たのなら母に会っていくわ」

「薫子様は外海に普段はおられるのか」

「奉行所の目が届かないのが海岸線なの、捕り方の御用船が押し出してきても前は角《すも》力灘《うなだ》、五島列島へと続く大海原が広がっているわ。海のことなら江戸から来た人間より、とくと承知よ」

前方に小さな岬が見えた。

「小城鼻《こじろはな》よ、手前に狭く口を開けた入り江が見える」

「左右から鋸《のこぎり》の刃のように切り立った岩場が入り江の口に覆《おお》いかぶさっているところだな。波間にちらちらとしか口が見えぬ」

「あそこにレイナを向けて」

「大海原を勝手に走り回るようにいかぬな」

「玲奈の心を射止めた座光寺藤之助よ、小帆艇の操舵くらいできないでどうするの」

玲奈が帆綱と舵棒に手を添え、波と風を読むように藤之助に命じた。

藤之助は玲奈の操船を思い出しながら、舵と帆を慎重に操作した。それでも時にレイナ号は藤之助の意思の下を離れて動いた。一瞬でも気を抜けば角力灘からの波がレイナ号を横手に流して操船の自由を奪った。

「舵と舳先の動きをよく読むの、集中しなさい」

「帆は弛ませないの、常に風を満帆に張っておくの」

次々に玲奈の注意が飛んだ。

藤之助は風と波の動きを見ながら舵の動きを船体に伝え、帆を張り、舳先を狭い入り江の入口に立てることに集中した。

「左舷に岩根があるわ、面舵《おもかじ》」

「承知」

「いいわ、戻して」

玲奈も一緒に手を添えていなければ藤之助の力でも大きく横に流されそうなくらいの圧力を左舷に受け続けた。それでもなんとか耐えたのは玲奈の自信に満ちた手の助けがあったからだ。

苦闘の末にレイナ号を狭く切り立った岩場の間に入れた。

玲奈は手の動きだけで藤之助に操舵の要諦《ようてい》を伝えてきた。

藤之助は微妙な力加減と舵の取り方を五体に記憶させた。

切り立った絶壁に囲まれた入り江の口は右に左に蛇行していた。

「取り舵いっぱい」

「承知」

最後の難関をレイナ号が越えると、ふいに瓢簞《ひょうたん》のような静かな入り江が眼前に広がった。左右の崖は高くその上には緑が生い茂っていた。そして、崖の縁に人影が走るのを藤之助は目の端に止めた。

見張りか。

瓢簞の底の部分が出津の浜だった。

「今入ってきた口とは別に外海に逃げる第二の水路があるわ。危険が迫ったときにしか開かれない口よ」

「これまで第二水路が使われたことがあるか」

藤之助は額の汗を拳で拭《ぬぐ》いながら聞いた。

「秘密の水路が使われるときは出津の隠れきりしたんが崩れに遭《あ》うときね。幸運なことにまだ口は開かれてないわ」

レイナ号の舳先は幅二十数間の出津浜に向けられた。浜の奥に石垣に囲まれた家並みが十軒ほど並んでいた。

「外海の隠れきりしたんを護《まも》ってきたのは海だけじゃないの。この外海地域、長崎奉行所の支配の外なの」

「ほう、だれが支配なされておられるな」

「佐賀藩と大村藩領が複雑に入り組んでいる国境なの。佐賀藩領内に下黒崎、上出津、中出津が属し、大村藩領に上黒崎、下出津、牧野、永田が入るの。複雑な地形と荒れた海、その上に入り組んだ大名領の辺地が外海の隠れきりしたんを二百年以上護ってきたのよ」

集落の背後から賛美歌がかすかに流れてきた。

「浦上の信徒たちの無事を祈るミサが行われているの」

玲奈が手早く縮帆した。

藤之助はレイナ号が浜にぶつかりそうな気配に舳先に移動すると舫い綱を手に地形を確かめた。

狭い浜に船つなぎがあった。

玲奈は巧みな操船で船つなぎに舳先を入れた。

藤之助は船つなぎに飛ぶと舫い綱を結び付けた。

賛美歌は絶えることなく続き、人っ子ひとり浜には見かけなかった。

玲奈が小帆艇から上陸するのを藤之助は手を差し伸べて抱き上げた。浜に玲奈を下そうとすると玲奈が藤之助の首に両手を巻き付け、

「いいこと、藤之助がうつつに見ることは記憶に残さないで」

「夢まぼろしを見ていると申すか」

「そう」

「そなたが見せた夢ならばうつつと一緒であろうが」

「さてどうかな」

「玲奈、念には及ばぬ、いつものことだ」

笑いを浮かべた玲奈が唇を藤之助のそれに重ね、首から両手を離すと、
ぴょん
と飛び降りた。

「異郷の神がおわします地にようこそ」

玲奈が手を引き、石垣と石垣の間に狭く延びた路地に藤之助を案内した。

「バスチャン洞窟《どうくつ》屋敷と呼ばれる場所よ」

路地が切れるとすぐに険しい山道に入った。山道の左右は狭い畑が並んでいた。水が不足か、田圃《たんぼ》は見られなかった。

山道は鬱蒼《うっそう》とした森に入り、藤之助は一瞬木下闇《このしたやみ》に視界が奪われた。玲奈が視界を失った藤之助の手を引き、導いた。

賛美歌がオラショに変わった。

「普段外海のオラショは声に出さないわ。だけど本日は浦上の信徒衆の身の安全を祈って声を出しているのよ」

玲奈が無知の藤之助に説明した。

「ガラサミチミチ給《たま》うマリア、御身に御礼をなし奉《たてまつ》る。

御主は御身と共に在《おわ》します。

御身は女人の中において分けて御果報いみじきなり。

亦《また》御胎内のおん身にて在しますデズスは尊く在します。デズスの御母サンタマリア様、今もわれらが最後にもわれら悪人のために祈り給え」

藤之助と玲奈は屹立《きつりつ》した岩場の裂け目の前に立っていた。

オラショはそのバスチャン洞窟屋敷から洩《も》れてきた。

中から羽織を着た老人が姿を見せた。

玲奈が片膝を軽く折って挨拶をし、老人が十字を胸の前で切ると口の中でなにかを唱えた。

「藤之助、ジイヤクのサンジワン千右衛門《せんえもん》様です」

「ジイヤクとはなんだな」

「帳方、水方《みずかた》、触役《ふれやく》の三役をジイヤクと呼ぶの、慈悲役の訛《なま》りという人もいるけど私はそれ以上のことは知らないわ」

「薫子様はジイヤクか」

「薫子様は外海のマリア様じゃ」

と千右衛門が玲奈に代わって答え、洞窟屋敷に案内するように二人に背を向けた。

その羽織の紋は楕円の中に、

「十」

の字であった。

「玲奈、外海全村が隠れきりしたんか」

「そうだともそうでないともいえないわ。およそ三百五十戸が隠れといわれているけど、その大半が檀家寺を持っているわ。隠れきりしたんの信仰と組を守るための方便よ」

板戸が行く手を塞《ふさ》いだ。だが、中から、
ぎいっ

という音とともに戸が開かれた。

オラショがふいに消えた。

蠟燭《ろうそく》の明かりに浮かんだのは小さな洞窟屋敷、隠れきりしたんの信仰の場であった。

「座光寺藤之助様、よう参られましたな」

白い網模様の被り布《マンテイラ》を被《かぶ》ったドーニャ・マリア・薫子・デ・ソトが祭壇の前から立ち上がり、藤之助に会釈を送ってきた。すでに薫子は玲奈と藤之助の訪問を承知の様子で驚いた風もない。

「母上、ミサの邪魔をしましたか」

玲奈が詫《わ》びた。

「長い一夜になりまする」

と薫子は浦上の隠れきりしたんの運命を祈るミサが徹夜になることを二人に告げ、案内役のサンジワン千右衛門にミサを続けるように命じると藤之助と玲奈の下に歩み寄り、藤之助に右腕を差し出した。

藤之助は薫子に自らの腕を優しく絡めた。反対の右腕を玲奈が保持した。

三人は腕を絡め合ったままバスチャン洞窟屋敷を出るとその建物の背後に回り込ん

だ。

巨岩の側面に石段が刻んであった。もはや三人で腕を組んでは登れなかった。

薫子、玲奈、そして最後に藤之助が石段を上がった。

三十数段も自然石に刻まれた石段を上がったか、玲奈の背が消えてふいに藤之助の視界に昼下がりの角力灘が飛び込んできた。

玲奈と藤之助が小帆艇レイナ号で渡ってきた海だ。

「なんという眺《なが》めか」

藤之助は絶壁に寄ってみた。

眼下に出津浜の入り江が見えた。入り江に侵入してきた不審者があったとしても、海面からこの断崖《だんがい》上は見えなかった。反対に侵入者の行動はすべてこの断崖上から一望の下に見張ることが出来た。

藤之助らの訪問をすぐに薫子や千右衛門に伝えられた理由だ。

「玲奈、この海の先に能勢隈之助《のせくまのすけ》が渡っていった異国があるのだな」

「そう何百里何千里の波濤《はとう》の先に私たちの知らない世界があるわ」

「そなた、父上の国を見たくないか」

「イスパニア」

と玲奈が洩らしたとき、

「玲奈、座光寺様をこちらに」

と薫子の声が二人の背からした。

藤之助が振り向くと断崖上の平地に藤之助が見たこともない花園があって、その花園に囲まれるように平屋の石造りの洋館が一軒あった。

薫子が花園を望む露台から二人を手招きしていた。

露台には籐《とう》の円卓に椅子三脚が置かれて、卓上に白葡萄酒《ぶどうしゅ》と酒器《グラス》が用意されていた。皿には高島家の玲奈の部屋で食したことのある腸詰とチーズが盛られてあった。

「母上、お腹がぺこぺこよ」

「あら、二人して昼餉《ひるげ》を食してないの」

「藤之助はどう」

玲奈が聞いた。

「それがしも昼餉抜きにござる」

「今なにか見繕《みつくろ》って作るわ」

薫子が被り布《マンテイラ》を脱ぐと家の中に入っていった。

「母はこの家に父を何度か迎えたことがあると思うわ」

玲奈が藤之助に囁《ささや》いた。

「外海ならば長崎奉行所も佐賀藩の目も届かないもの」

薫子の夫にして玲奈の実父は、かって長崎の阿蘭陀商館に逗留《とうりゅう》していた医師で、イスパニア人のドン・ミゲル・フェルナンデス・デ・ソトだった。

そのことを藤之助は玲奈から聞かされていた。

「玲奈、そなたの父上は今も母上とつながりをお持ちであろうか」

「母は爺《じい》様の体面と立場を考えられて私にもそのことをお話にならないけど、私はお持ちのような気がするわ」

「玲奈、会いたくはないのか」

「微妙ね」

と玲奈は答えると白葡萄酒の罎《びん》を摑《つか》み、二つのグラスに注いだ。そして、一つのグラスを藤之助に渡した。

「飲みましょう」

グラスが昼下がりの秋の陽射しの下で打ち合わされ、二人は冷やされていた白葡萄酒を喉に含んだ。

潮風を受けて帆走航海をしてきた二人の喉は、からからに渇ききっていた。

きりりとした味わいのイスパニア産の白葡萄酒がなんとも美味《うま》かった。

「赤《チンタ》もよいがかようなときには白葡萄酒もよいな」

「藤之助はなにも嫌いなものはないの」

「さて今のところないようだ」

玲奈がグラスを指先で持って傾け、中の液体がたゆたうように揺れ動くのを見ていたが、

「前に父上と会ったことはないと説明したわね」

「聞いたな」

「父が長崎を去ったのは私が四つのときよ。でも生まれた瞬間から私は母の手からも父の下からも引き離されて長崎町年寄高島了悦《りょうえつ》の孫娘として育てられたの。父の記憶はなにもない」

鎖国政策は徳川幕藩体制の根幹の一つであった。

長崎の娘が異教徒と恋に落ち、子供が生まれた。

いくら異国に門戸をただ一つ開かれた長崎でも禁断の恋であり、玲奈の誕生だった。高島家では慎重の上にも慎重を期して玲奈を育ててきたはずだ。そのことを肌で知るがゆえに玲奈もまた父どころか母にも会わないことをわが身に律してきたのだろ

う。

　だが、玲奈の体には紛《まご》うことない異国の血が流れていた。それが自我に目覚めた玲奈を奔放《ほんぽう》な娘にした。そして、その行動を許したのは徳川の幕藩体制を根幹から揺るがす外国列強の日本への接近だった。そして幕府自体の綱紀の弛みだった。

「今考えると夢か現実か分からないことが私の脳裏に刻まれているわ」

「なんだな」

　玲奈が屋内を見た。台所で薫子がなにか調理でもしているのか、藤之助が初めて嗅《か》ぐ異国の油の香りがしてきた。

「オリーブ油よ、南蛮国ではよく使われる油なの」

「菜種《なたね》油より香ばしいな」

「独特な香りよね。私、この油の香りをこの家で初めて知ったような気がするの。そして、そこには父母が揃《そろ》っていたような、おぼろな記憶があるの」

「父上が帰国する前のことだな」

　玲奈が頷いた。

「玲奈、手伝ってくだされ」

　薫子の声に玲奈が洋館の奥へと消え、石造りの壁と漆喰《しっくい》天井に響く二人の声がもれてきた。二人は冗談を言い合っているのか、笑い声が聞こえてきた。

藤之助はグラスに残った白葡萄酒を飲み干した。

突然、玲奈が驚きの声を短く上げた。

(なにがあったか)

母と娘が異国の料理を運んできた。

「骨付きの肉だけど食べる」

「美味《うま》そうな香りだぞ、何の肉か」

「子羊の肉よ」

「子羊とはなんだ」

「山羊《やぎ》に似た家畜よ。阿蘭陀船が入ると出島でも食べられるわ」

「食してみよう」

藤之助の前に骨付きの子羊が供された。付け合せは藤之助が見たこともない野菜だ。

「その前に神に感謝なさい」

と玲奈が命じた。

「合掌《がっしょう》してもよいのか」

「藤之助が思いつく神仏でよいわ。お恵みをお与えくださいまして有難うと心の中で念じなさい」

藤之助は玲奈の言葉に従い、異国の食べ物を前に瞑目《めいもく》し合掌した。合わされた手の間になにか紙が差し挟まれた。

藤之助が目を開けると角型の封筒に入った書状だった。

「澳門《マカオ》湊にて能勢隈之助」

差出人の名が読めた。

「なんと能勢からか」

藤之助の問いに母と娘が同じような動作で首肯した。

四

小帆艇レイナ号が長崎の大波止に藤之助を下したのは夕間暮れだ。

藤之助も玲奈も長崎湊に入った瞬間から長崎全域に、

ぴーん

と張り詰めた空気が漂っているのを感じていた。

藤之助の傍らの玲奈が胸の前で十字を切り、口中で神に祈りを捧げた。

「気を付けて戻られよ」

藤之助が玲奈に気を使うと、玲奈が舵棒を握るのとは別の手で藤之助の肩を抱き寄せ、

「これは終わりじゃないわ、騒ぎの始まりよ」

と呟《つぶや》き、藤之助の唇に自らの唇を重ねて別れの挨拶をした。

むろん長崎に緊張と戸惑いと不安をもたらしているのは、隠れきりしたんの摘発、三番崩れの発生だ。

藤之助らが大波止に戻る直前、浦上の隠れきりしたん散使の相川宅助（俗称忠三郎）ら十五名が召し取られ、奉行所に連れ込まれたところだった。

後に長崎両奉行川村対馬守《かわむらつしまのかみ》、荒尾石見守《あらおいわみのかみ》が幕府に差し出した報告書にはかくある。

「切支丹《きりしたん》宗門之儀

於当国者、旧来之土地にも有之、御領地共別而厳重に取計《とりはからい》候者勿論《もちろん》之儀所に御座候所、往古之余焔《よえん》にも候哉《や》、異様之修法致候者有之由《よし》、先前も相聞候所、又候近頃同様之風聞有之候に付、探索為仕、高木作右衛門《たかぎさくえもん》御代官肥前国《ひぜんのくに》浦上村之者共紛敷宗体執行候由に而、既に名前相分候分も有之候儀に而、右は多人数にも及び可申《もうすべく》、殊更《ことさら》不容

易儀に付、伺ノ上吟味《ぎんみ》取掛候方にも可有之哉に候得共、素々的証等も無之、全く風聞之儀に付、前以聢《しか》と之儀者難申上、左候上、其儘《そのまま》な者差置兼候事柄に有之、且《か》つ寛政度右浦上村之者共異宗信仰致候風聞有之、其《その》頃在勤之奉行両度手限に而吟味仕候振合も御座候間、今般も右之趣を以《もっ》て召捕吟味取掛候。

此上得と吟味詰相伺候様可仕候。右者永井玄蕃頭、岡部駿河守《おかべするがのかみ》えも申談候上、召捕候者共、名前書相添此段申上置候。以上

荒尾石見守

川村対馬守

異宗信仰いたし候由之風聞有之召捕候もの共名前書

高木作右衛門御代官所

肥前国彼杵郡《そのぎぐん》浦上村山里

医師　舜民《しゅんみん》

同人倅《せがれ》　有膳《ゆうぜん》

散使　甚十郎《じんじゅうろう》事半左衛門

(中略)

〆《しめ》て拾五人

右之通達御座蹌候　以上
辰《たつ》九月」

三番崩れ、長年の探索の結果の末の行動だが、明確な証拠を摑《つか》んで召捕りに入ったとも思えない。強引にも見込みで取り締まりにかかり前例に合わせて処断した様子が長崎奉行の江戸に送った報告書に垣間見える。

強引とも思える召し取りで帳方の吉蔵を取り逃がしていた。

またそれに先立っての庄屋屋敷での下調べが後々まで隠れきりしたんの間に密やかな物笑いとして伝わっている。

庄屋は道上《みちうえ》の寅吉、浜口の幾次郎、野田《のんた》の長吉らの男衆や女衆を引き据え、睨み付けて詰問した。

「おい、寅吉、そのほう名はなんと申すか」

「へえっ、寅吉にございます」

「馬鹿を申せ。別に名を有しておろう。きりしたんなれば男なればノ、女なればナの付いた名を授けられておろう」

切支丹名は男なれば最後がノの字、女信徒ならばナの字で終わるとの知識からの質問だ。

「へえっ、それなれば藪蚊《やぼか》と申します」

「なんとやぼかというか、寅吉、ふざけたことを申すでないぞ。そこの女はどうじゃ」

「へえっ、庄屋様、唐人菜と申しましてな、わが隣は水菜、そのまた隣は小松菜、さらに三番目は白菜にございます」

などとさんざんに庄屋の調べをからかったという。

このような明白な証拠、自白もないままに異宗徒として次々に獄《ごく》に送り込み、

「邪宗の仏を出せ」

と責め立てられ、五十敲《たた》き百敲きが加えられた。自白のないままに牢死へと追い込んでいく。これが隠れきりしたん摘発、崩れの実態だった。

そんな重苦しい空気がどんよりと長崎奉行所一帯に漂っていた。

二人の気持ちをさらに重く締め付けているのは昼すぎ、薫子の洋館に届いた悲劇の報告だった。

浦上の隠れきりしたん十五人が長崎奉行所拷問倉《ごうもんぐら》に連れ込まれ、何人かが転んだという新たな知らせだった。浦上は樫山と昔から信仰上のつながりが密接という。転んだ信徒の自白次第では外海樫山の隠れきりしたんに飛び火する可能性があった。

食事もそこそこに洋館に戻っていた薫子は玲奈と藤之助に、

「慌《あわただ》しいがそなたらは早々に長崎に戻りなされ、この騒ぎに巻き込まれてはならぬ」

と厳命すると自らはバスチャン洞窟屋敷に戻ったのだ。むろん対策を講じるためだ。樫山は出津から海上半里の里だ。一気に浦上の危機が外海に波及しようとしていた。

「薫子様なれば聡明な方だ。なんとか出津に探索方が入るのを阻止なさる手立てを考えられよう」

「母は探索が入ったらきっと自死する道を選ぶわ」

「すまぬ」

「藤之助、なぜ謝るの」

玲奈が藤之助を見詰めた。白い顔だけが夕闇にぼおっと浮かんでいた。

「それがし、なんの手出しも出来ぬ」

「座光寺藤之助が責めを感じることはないの。母らはどのようなことが起ころうともそれを承知で異国の神に身を捧げたのよ」

「そなたは違うと申すか」

「母の娘よ、幼いころには爺様に無断でミサに出ていたわ。でも玲奈はどのような神であれわが魂を捧げることはない。玲奈は玲奈、藤之助のようにわが力と考えに忠誠を尽くすわ」

薫子の奔放の血を玲奈は受け継いでいた。そして、薫子や玲奈の自由な行動が高島家に災いをもたらすのではと、藤之助は危惧《きぐ》した。

「それがしは己《おのれ》一人しか信じておらぬと申すか」

「違うの」

「さあてのう」

「藤之助と玲奈、生きることにおいて死において一蓮托生《いちれんたくしょう》よ、いいわね。二人の間に親も神も奉行所も会所にも関わりを持たせないわ」

「座光寺藤之助の女神は玲奈か、それもよかろう」

と応じた藤之助が立ち上がろうとした。すると玲奈が藤之助の体に身を寄せてしばらく無言の時間を過ごしていたが、

「いいわ、藤之助。道場に戻りなさい」

と腕の力を抜いた。

「よいな、身辺にはくれぐれも注意致すのじゃぞ」

いつもとは様子が違う玲奈に注意した。

「ありがとう」

藤之助が小帆艇から大波止の石段に飛んだ。

レイナ号が舳先を巡らし、帆を風にばたばたと靡《なび》かせると夕闇に溶け込んでいった。

藤之助は湊から長崎西支所内の伝習所へとなだらかな勾配《こうばい》をゆっくりと上がった。

剣道場の玄関に戻ったとき、藤之助は新たな異変を感じ取った。

道場から緊迫した打ち合いの音が響いてきた。ただの稽古ではない。真剣勝負にも似た、張り詰めた空気が玄関へと流れてきた。

藤之助は薫子から渡された能勢限之助の手紙が懐《ふところ》にあることを確かめると、帯の下にしっかりと押し込んだ。

道場の入口の暗がりに立つと一柳聖次郎と見知らぬ武士が木刀を交えていた。

藤之助が戻ったことに気付かないほど立会いが緊迫していた。

二人の力量はそう違いはないと見た。力量が近接しているだけに一撃でどちらかが大怪我をする様相を孕んでいた。事実、壁際に二人ほど倒れて伝習生が介護をしていた。

藤之助の目が見所《けんじょ》にいった。

見知らぬ武家が見所の中央に座し、脇息《きょうそく》を抱えるようにして立合いに目を凝らしていた。白面の貴公子といってよい風貌だ。

見所下には数人がいて、一人だけ藤之助の顔見知りがいた。長崎奉行所隠れきりしたん探索方飯干十八郎《いいぼしとおはちろう》だ。

かんかん
と木刀が打ち合わされ、双方が一歩ずつ引くと決死の構えを取った。双方ともに次の一撃に勝負を賭けたのだ。

一拍の後、聖次郎の顔が青白く変わった。

息を吐き、吸い、止めた。

聖次郎は正眼の構えだ。

八双《はっそう》に構えた相手もまた最後の一撃の準備を終えていた。

双方が踏み込む動作に入った。

「待たれよ」

藤之助の低い声が双方の勝負を牽制《けんせい》した。

聖次郎が、

はっ
としたように木刀を引き、後退した。

相手は八双の構えのまま藤之助を睨んだ。

「だれか、勝負を止めたは」

見所下の武士の一人が怒鳴り返した。

藤之助が剣道場入口の暗がりから明かりの点《とも》った道場の中央へと進み出た。夕稽古に集まっていた数十人から、ほっと安堵《あんど》の息が洩《も》れた。

「そのほう、何者か」

最前の武士がさらに誰何《すいか》した。

「さて訝《いぶか》しき話にござるよな。道場主に向かい、だれかとは失礼千万にござろう」

「なにっ、そなたが座光寺藤之助か、若いのう」

「此度呼び捨ての上に若いと蔑《さげす》みおるか」

藤之助がさらに歩を進めた。

「だれに断わりあって、見所に座すな」

藤之助が見所を睨んで大喝した。

剣道場の空気がびりびりと震えたほどの迫力だ。

「座光寺先生、江戸より見えられた大目付宗門御改加役人別帳御改大久保肥後守純友《おおめつけしゆうもんおあらためにんべつちようおおくぼひごのかみすみとも》様にございます」

と見所下の飯干が説明をくわえた。

宗門御改は大目付の兼帯であったが、弘化《こうか》二年（一八四五）に専任となっていた。ゆえに大目付三千石高が務める権威ある職掌《しよくしよう》だ。

この宗門御改を寛永十六年に兼帯した井上筑後守政本《いのうえちくごのかみまさもと》は、度々《たびたび》江戸から長崎に出向き、異国船に乗り込み、宗門検断を行ったという。

老中直属の宗門御改は大名領、直轄《ちよつかつ》領の区別なく一人ひとりの宗旨を調べ、老中に上申する権限を有していた。その配下には与力《よりき》六騎同心《どうしん》三十人が配属されている。見所下の連中はその支配下の者であろうか。

「宗門御改がなんの権限ありて伝習所見所に座するや。ここは座光寺藤之助為清《ためすが》が責任を持たされた剣術修行の場である」

「なにっ」

と最前から藤之助に軽んじた言動を続けていた武士がつかつかと道場の中央に出てきた。

「大目付大久保様と承知でそのような言葉を吐く気か。礼儀を弁《わきま》えぬか、若造」

「宗門御改の腰巾着《こしぎんちゃく》与力、ちと煩《うるさ》い」
その問答を横目に聖次郎と立ち会っていた相手が八双の構えのまま藤之助に、
すいっ
と突っ込んできた。
同時に藤之助が踏み込み、相手の八双の木刀が藤之助の肩口に振り下ろされた。
次の瞬間、一座の者がわが目を疑った。
藤之助が振り下ろされる木刀を、
するり
と半身に避けると木刀を握った手首を片手で摑み、もう一方の手を腰帯に添えると虚空に高々と放り投げていた。
どさり
と床板に背から叩き付けられた武士が悶絶《もんぜつ》した。
藤之助の手に木刀が残され、腰巾着与力と名指しされた武士が無言のままに刀を抜き打ちにして藤之助の胴に斬り込んできた。
なかなか鋭い太刀風だ。
だが、藤之助の手に木刀があった。

抜き撃たれた剣に木刀が摺《す》り合わされたと思った瞬間、剣が弾かれて飛び、直後木刀が翻《ひるがえ》って、

びしり

と胴に巻き付くような打撃が襲っていた。

げげっ

小さな呻《うめ》き声と一緒に相手の体が五、六間横手に吹っ飛んでいた。

剣道場内は苛烈《かれつ》な早業に粛然《しゆくぜん》として声もない。

藤之助が木刀を捨てると見所下に歩み寄った。

「大久保どのと申されたか。職分家格の上下は礼儀を尽くした上でのことにござろう。そのように傲慢《ごうまん》無礼な所業では、この長崎では御用相勤《あいつと》め難《がと》うござろうぞ」

大久保の膝に置いた手が憤怒《ふんぬ》にぶるぶると震えていた。

「今宵《こよい》の剣道場来訪、なかったことに致そうか。御用の筋あらばいつ何時なりとそれがしに断わりてお出でなされ」

「いかにもそなたが申すとおり、此度はおとなしく引き上げようか」

即座に平静を装った大久保純友が立ち上がった。

このとき、大久保三十二歳、数多《あまた》の直参旗本の中から切れ者として宗門御改に抜擢《ばつてき》

されたばかりだ。

大久保家は三河《みかわ》以来の譜代旗本、大坂夏の陣の功績もあって四千二百石の大身旗本である。

当主の純友、剣術は小野派《おのは》一刀流《いっとうりゅう》を幼少より学び、

「小野次郎左衛門《じろうざえもん》の再来」

と評される腕前だ。

だが、藤之助はそのことを知らぬ。

見所に立つ純友、見所下の藤之助、二人は激しくも冷たい視線を交えた。

この時以来、二人の間には抜きがたい敵対の関係が生じることになる。

「座光寺とやら改めて挨拶致す」

見所下にふわりと飛び降りた大久保純友はすでに冷静さを取り戻していた。

「配下のお二人じゃが診療所にお連れなされるがよかろう。診療所の外科医三好彦馬《みよしひこま》医師は名医ゆえ適切な治療をなされようが、当分御用の役には立つまい」

と藤之助が無言の大久保の背に言いかけ、大久保の片手が振られた。

配下の者が床に転がる仲間二人に駆け寄り、剣道場の外に運び出した。

見所下に残ったのは隠れきりしたん探索方飯千十八郎だけだ。

「本日の座光寺先生はなんとも厳しゅうございますな。まるで竜が火を吐く勢いだ」

「飯干どの、ちと大人げなかったか」

藤之助もすでに落ち着きを取り戻していた。

「飯干どの、そなた、このような場所にあってよいのか」

「浦上の三番崩れはそれがしの手ではござらぬ。出し抜かれた一人でございましてな、ただ今奉行所に身の置き所もないそれがしにござる」

飯干が苦笑いした。

「それで江戸から参られた宗門御改どのの案内役か」

「宮仕えにござれば座光寺先生のように好き勝手は許されませぬ」

はっはっは
と藤之助が高笑いした。

「これにてご免」

と行きかけた飯干が、

「座光寺先生には余計なお世話にございましょうが、大久保純友様は当代きっての知恵者にして切れ者と江戸で評判の御仁《ごじん》にござる。それがしのように長崎の垢《あか》にたっぷり染まった在方役人とはだいぶ違い申す。お気を付け召されよ」

「飯干どの、ご意見肝《きも》に銘じておこう」

飯干が駆け足で大久保ら一行を追っていった。

「怪我はどうか」

最初に立ち会った門弟の様子を聞いた。

「すまぬ」

と一柳聖次郎と酒井栄五郎の二人が藤之助の下に駆け寄り、

「つい挑発に乗ってしまった」

と口々に詫びた。

「心配するな、怪我は大したことはない。最初の二人は竹刀での立合いであった」

栄五郎の返答に藤之助はほっとした。

「あやつ、宗門御改の癖になぜ真っ先に剣道場に参り、われらを怒らすような真似をしたな」

栄五郎がさらに疑問を呈した。

「そのうち分かろう。それよりそなたら、夕稽古の余裕がようもあったな」

伝習所の講義は朝から夕刻までぎっしりと予定が詰まっていた。

「奉行所の騒ぎに巻き込まれて伝習所の授業も休みだ。それでわれら、そなたが留守をよいことに日頃のうっぷん晴らしに稽古に励んでいたところだ」

「栄五郎、聖次郎、ちとそなたらに見せたいものがある。それがしの部屋に参らぬか」

騒ぎがあったせいで稽古は中断したままに終わった。

「夕餉《ゆうげ》が待っておる」

「栄五郎、一食抜いたとてどういうこともなかろう。そなたらが喜ぶ知らせだ」

「なんだ、藤之助、勿体《もったい》ぶらず申せ」

栄五郎が藤之助に迫った。

「澳門から文が届いた」

聖次郎が息を呑《の》んだ。

三人は期せずして剣道場から師範の私室へと走っていった。

第二章　夜明け前

一

角封筒の表には宛名書きはなかった。推測するに長崎に届いた後、長崎奉行所などに渡る危険性を考えてのことと思えた。だが、裏書ははっきりと、

「能勢《のせ》隈之助《くまのすけ》」

と記されてあり、朱蠟《しゅろう》で封印されていた。また字は筆ではなくガラスペンに黒インキで書かれたか、出島の阿蘭陀《オランダ》人の手跡のように軽やかに三人の目に映った。

「披《ひら》いてよいか」

行灯《あんどん》の明かりの下で封書を聖次郎《せいじろう》と栄五郎《えいごろう》に示した藤之助《とうのすけ》が聞いた。むろん伝習所の藤之助の師範部屋でだ。

「披いてくれ」

聖次郎が緊張の声で願った。

藤之助は小柄を出すと切っ先を角封筒の隅に突っ込み、丁寧《ていねい》に一辺を切った。中から四つ折にした手紙が出てきた。湿気《しけ》った紙とインキの匂いがかすかに三人の鼻腔《びこう》に匂ってきた。

「これが異国の匂いか」

栄五郎が呟《つぶや》き、藤之助が、

「一柳《ひとつやなぎ》聖次郎、そなたが読むか」

と未《いま》だ四つ折の手紙を差し出した。

「いや、座光寺《ざこうじ》先生に届いた封書である、そなたが読んでくれ」

頷《うなず》いた藤之助が文を披いて三人が見えるようにした。

「おおっ」

と聖次郎が感動の声を洩《も》らした。文頭に、

「座光寺藤之助様、
一柳聖次郎様、
酒井《さかい》栄五郎様」

とあったからだ。

「やはり隈之助からの書状であったか」

「当たり前だ、われら三人の名が記してあるわ」

聖次郎と栄五郎が言い合い、

「読むぞ」

と藤之助が宣告した。

しばし沈黙して気持ちを鎮めた後、藤之助は異郷からの友の文を声に出して読み始めた。

「異国の地より一筆認《したた》め候。

唐人船頭呂祥志《ろしょうし》のジャンクは航海十数日の後、澳門《マカオ》に安着致し候故《ゆえ》一同様ご安心下されたく此処《ここ》に報告致し候。航海十数日と曖昧《あいまい》にしか記せぬ理由は長崎を出て以来、数日船は荒波に揉《も》まれ、それがし船酔いにかかりて船室に臥《ふ》せり時の経過も判然とせぬ故に候。

情けなや能勢隈之助。

但《ただ》し航海中盤に至りて海が穏やかに変じると同時にそれがしの体調も回復し、唐人らの航海術やら船上の暮らしを堪能《たんのう》し候。

ジャンクは長崎出港後、寧波《ニンポー》、福州《フーチョウ》、厦門《アモイ》、澄海《チョンハイ》など諸湊に寄航しつつ澳門に到着し候。

座光寺先生、玲奈《れいな》様の好意にて東インド会社の世話になったのは正解の極みに御座候。呂船頭を始め水夫《かこ》ら親切に是有候、船中なんの不自由もなく澳門まで安着致し候。

長崎以来始めて上陸し珠江《チューチャン》河口の発達した澳門は、清国領ながら徳川幕府開闢《かいびゃく》以前から葡萄牙《ポルトガル》人が寄留し深い付き合いに有りしとか。

阿片戦争の後、葡萄牙人は清国奉行所を武力で撤廃し澳門の一部を自国の領土と同様に自由に住みおり候事、我徳川幕府の行く末を見るが如《ごと》し。早《はや》世界の現実を目の当たりにして複雑な気持ちに陥《おちい》り候。

当地には阿蘭陀商館長ドンケル・クルチウスが添え状を認《したた》めし東インド会社の出先店もありて呂祥志の付き添いにて次なる船を予約致し候。この文がそなたらの手に届きし時にはそれがし阿蘭陀船に同乗し、次なる寄航地占城《チャンパ》に向け航海中と心得候」

藤之助は一旦《いったん》読むことを止めた。

「隈之助、旅を楽しんでおるようだ」

聖次郎がしみじみと呟いた。

「案ずるより産むが易《やす》しか」

と栄五郎も応じた。

藤之助は続きを読み始めた。

「澳門に上陸し散策をなすついでに東インド会社で当地の銭なにがしかと交換し屋台店にて果物やら駄菓子を購《あがな》うもまた旅の興趣也。それがし益々《ますます》異国への興味関心が膨《ふく》らみ候。これも偏《ひとえ》に座光寺先生の俠気《おとこぎ》と高島《たかしま》玲奈様の厚情の齎《もたら》した結果なりと異郷の地で二人に感謝するとともに最後に別れた光景を思い出し笑みを禁じえない事に御座候」

「なにがあったのだ、藤之助」

と栄五郎が口を挟《はさ》んだ。

「あれか。小帆艇《しょうはんてい》が波を被《かぶ》り、玲奈がずぶ濡れになったゆえな、呂祥志のジャンクとすれ違ったとき、玲奈は真っ裸であったわ」

「ま、真っ裸だと」

栄五郎が素《す》っ頓狂《とんきょう》な声を上げた。

「慌《あわ》てるな。そなたが想像したことくらい理解できんではないが玲奈は体に毛布を巻き付けた格好であったのだ」

「驚いたぞ。そなたが真っ裸と申すゆえあらぬことを考えたわ」

「慌て者が」

と聖次郎が舌打ちし、藤之助が文の最後を読み始めた。

「座光寺先生、玲奈様にくれぐれも感謝しておると申し上げて下され。聖次郎、栄五郎、それがし、かくの如《ごと》き元気にて航海を続けており候。以後、長崎より遠くなりしゆえ次はいつ、どこの湊《みなと》より文が出せるか判然とせぬが、文がないのは元気な証拠と思し召して案ずることを止めて下され。

最後になり申したが長崎での厚情を深く感謝致し候。　隈之助」

しばし沈黙が支配した。

重い沈黙ではない。それぞれが隈之助の異国での楽しげな体験を想像していたのだ。

「よかった」

しみじみとした聖次郎の言葉だった。

「一安心したな。ともかくわれらの先達が元気で旅をしておることが重要じゃぞ。この分なれば目指す欧州英吉利《イギリス》国に到着できよう」

と栄五郎が応じた。

「英吉利到着は早くて半年先、道中は緒についたばかりじゃぞ、栄五郎」

と答えた聖次郎が藤之助に向き直り、姿勢を正した。

「座光寺藤之助、限之助の一件、それがし、そなたにどれほど感謝しても感謝し尽くせぬ。この通りだ」

頭を下げようとする聖次郎に、

「待て、聖次郎。われらは江戸以来同じ運命の船に乗り合わせた友ではなかったか。友同士そのような真似《まね》は要らぬ」

と制した。

「まあ、最初の難関はどうやら越えたようだ、祝着至極《しゅうちゃくしごく》であるな」

藤之助は立ち上がると玲奈から貰《もら》った赤葡萄酒《ぶどうしゅ》と酒器を持ってきた。

「能勢限之助の無事航海を祈って乾杯致そうか」

酒器を二人の友に持たせ、赤葡萄酒を注ぎ分けた。

「そなたの酒はおれに注がせろ」

聖次郎が罎《びん》を藤之助から奪うと藤之助の酒器を満たした。

「能勢限之助の心身の健やかと異国の旅を祝して」

「乾杯」

三人は異国の友の風姿を思い出しつつマデイラ酒を口に含んだ。

「ふうっ、かような折の酒はまた一段と美味《うま》いな」

栄五郎が一気に飲み干し、口の端を拳《こぶし》で拭《ぬぐ》った。

「隈之助のことを語り尽くしたいがなにかあってもいかぬ。そなたら、食堂《じきどう》に参れ」

「藤之助はいかぬのか」

「この手紙、だれに見つかってもならぬ。どこぞに隠して参る」

よし、と答えた二人が藤之助の師範部屋から軽い足取りで姿を消した。

能勢隈之助の行方は長崎奉行所の目付らが未だ追跡していた。幕臣の子弟が無断で海外に渡航したことが知れれば隈之助の密航を手助けした藤之助は当然にして、高島家、唐人屋敷、阿蘭陀商館など多くの関係者が迷惑を蒙《こうむ》る。絶対に秘密にしておかねばならない一事だった。

藤之助はあれこれと手紙の隠し場所を迷ったがどこに隠そうと伝習所内は危険だと判断した。そこで当分身に付けていたほうが安全と判断した。

藤之助は食堂に向かうために師範部屋を出ようとした。すると庭に人の気配がした。

「だれか」

「へえっ、奉行所からの使いにございます」

「何用か」

「座光寺藤之助様にございますな」

「いかにもそれがしが座光寺だ」

「ご案内申します」

無言で頷いた藤之助は手にしていた藤源次助真《とうげんじすけざね》を庭に下りたところで腰に手挟《たばさ》んだ。

藤之助が連れていかれたところは長崎奉行所立山《たてやま》支所の拷問倉《ごうもんぐら》だ。

天井の梁《はり》から太い縄が何本も下げられ、竹棒が床から六尺余りのところに水平に吊るされていた。その竹棒にざんばら髪の男が二人、手首を結び付けられて立たされていた。だが、それまでに何度も竹棒で叩《たた》かれたか、膝《ひざ》に力が入らず両手首だけで支えられて、
だらり
とぶら下がった状態だった。

「おおっ、剣道師範座光寺様にござりますな」

藤之助が顔も名も知らぬ密偵風の男が声をかけてきた。拷問倉に犇《ひし》めく役人の大半に

覚えがない。

「いかにも座光寺じゃが、なんぞ御用か」

「わっしは佐城《さじょう》の利吉《りきち》と申しまして長年浦上《うらかみ》の隠れになりすまし、此度《こたび》命あってほんものの隠れどもを誘《おび》き出した者にございます」

相手の得意げな言葉に、藤之助はただ首肯《しゅこう》した。

「長崎に逗留《とうりゅう》なされてわずか半年余り、座光寺様は長崎の表も裏もご存じのようだ。ですが、かように崩れの尋問の場は承知あるまいと思いましてな、見学にお招きしたので」

利吉が藤之助の心底を見透かすように睨《にら》んだ。

「それはお節介にも親切なことであるな」

「座光寺様、この二人、医師の舜民《しゅんみん》と有膳《ゆうぜん》父子でしてな、最前から聖像をだせ、メダイはどこじゃと責めても白を切るばかり、さすがにほんものの隠れは強《したた》かにございますな。座光寺様、こやつら、落ちると思われますか」

藤之助は無言を通した。

「剣術師範は驚いておられる。利吉、責めよ」

と人込みの中から声がした。そして、宗門御改《おあらため》の大久保《おおくぼ》純友《すみとも》が姿を見せた。

「へえっ」

新しい竹棒を摑《つか》んだ利吉が水瓶に突っ込んであった柄杓《ひしゃく》で口に水を含み、竹棒を握った手に吹きかけた。

「親父どの、最前から聖像は茶室の床下に隠しただの、近くの塚に埋めてあるだの、その度にえらく無駄足を踏ませたな。この利吉を嘗《な》めると命を落とすことになるぜ、いやさ、簡単には責め殺さねえ。おまえら、親子が殺して下さいとこの利吉に懇願するまで責めて責めぬく、覚悟しやがれ」

利吉がそう吐《は》き捨てると竹棒の先でだらりと胸の前に垂らしていた顔を突くと上げさせた。それまでの拷問で両眼の瞼《まぶた》は潰《つぶ》れて、血塗《ちまみ》れだった。

利吉が竹棒を振り上げると気配もなく父親の舜民医師の左耳あたりを殴り付けた。すると耳たぶが半分千切《ちぎ》れ飛んで、

「ひえっ」

と悲鳴が上がり、くねくねと体が苦悶《くもん》に歪《ゆが》んだ。天井の梁から吊《つ》るされた縄が軋《きし》んだ。それが拷問の始まりだった。

父と子が代わる代わるに責められ、半刻、一刻と続き、一刻半を過ぎた頃、痰《たん》が絡んだような言葉が舜民から搾《しぼ》り出された。

「なんだ、隠れ」

汗みどろの利吉が顔を寄せた。

「外海《そとめ》の」

「外海の、なんだ」

「樫山《かしやま》の茂十《しげじゅう》に聖像三体とメダイを預けた。倅を打つのは止めてくれ」

「おやじどの、転ばれたか」

倅《せがれ》の有膳が苦しい息の下から悲鳴を上げた。

薫子の洋館で聞いたことが現実になった。今、樫山の隠れきりしたんと浦上の関わりが自白されたのだ。

「舜民、樫山の茂十は隠れじゃな」

「茂十と又市《またいち》が樫山の帳方じゃあ」

「メダイを届けたのはだれか」

「源次郎《げんじろう》と喜右衛門《きえもん》と聞いておる」

「よし」

利吉が大久保純友や長崎奉行所の隠れきりしたん方の指示を聞くために役人の下へ歩み寄った。

「利吉、今度はほんものであろうな」

大久保が念を押した。

「へえ、間違いございませんや。浦上には樫山で洗礼を受けた隠れが何人かいますでな」

「よし、繰り出せ」

と大久保が命じた。

「大久保様、お言葉ですが外海は孤絶した地にございまして夜間はだれも近づけませぬ」

「なに陸路も海路も駄目と申すか」

「明日大久保様が同道なされればお分かりになることにございます」

長崎奉行所の役人も利吉の言葉に同意した。

「込み入った様子じゃが、それがしこれにて失礼致す。伝習所剣道場師範としての務めもござればな」

藤之助はだれにとはなく言い放つと倉の出口に向かった。その背に言葉が飛んだ。

「座光寺様、お為《ため》になりましたかえ」

利吉の得意げな声だった。

「利吉、そなたの差し出がましい行為は決して忘れはせぬ」

「座光寺様、われら長崎奉行所隠れきりしたん密偵としましては座光寺様に数々の貸しがございましてな」

くるり

と藤之助が振り向いた。

「利吉と申したか。そなたのいう意が理解つかぬ」

「家野郷《よの》の善か盆《ぼん》の夜、われらの長年の探索の成果があがろうとしたとき、たれぞに銃を撃たれて邪魔をされ、隠れどもを取り逃がした」

「ほう」

「その折、指揮をなされた宮内桐蔵《くないとうぞう》様は島崩れの捕縛に参加され、ついにわれらの前に元気な姿を見せられることはなかった」

だれもが利吉の問いに藤之助がどう答えるか注目していた。

「利吉、失態は重ねぬことが肝心であろう。不確かな言辞を弄《ろう》してなんになろうや」

と答えた藤之助は、

「ご免《めん》」

と言い残し、拷問倉を出た。出たところで立ち止まり、夜気を胸いっぱいに吸い込

んだ。そして、
ふうっ
と静かに吐き出した。

伝習生や候補生は夜間の外出は総監の許しがなければできない。だが教授方や師範はこの規範から除外されていた。

藤之助は立山支所から大波止《おおはと》へ下った。

夜の静寂を破って潮騒が聞こえてきた。

胸の中にじっとりとした不快感が充満していた。そして、樫山の隠れきりしたんの危機の情報を知りながらもなんの手助けもできないことに地団駄《じだんだ》を踏む思いだった。

玲奈に知らせればどんな危険を冒しても夜の海に乗り出そう。和船は外海の潮流を乗り越えられなくとも西洋式の小帆艇ならなんとか航行が出来た。だが、危険に変わりはない。

だが、それはできない相談だった。

すでに藤之助は監視の輪に囲まれていた。

夕餉《ゆうげ》は食していなかったが食べたいという気持ちは起こらなかった。ただ、浴びるほど酒を飲みたいという衝動に駆られた。あるいは胸の鬱々《うつうつ》とした不快感をたれぞに話したいという希求があった。

高島家に玲奈を訪ねることも江戸町に惣町乙名《そうまちおとな》の椚田太郎次《くぬぎだたろうじ》を訪ねることもできなかった。奉行所監視の目がついたまま訪ねれば、たちまち高島家や惣町乙名に迷惑がかかるのは目に見えていた。

ふと一つの場所が脳裏に浮かんだ。

藤之助の足が唐人屋敷へと向けられ、監視の輪が移動してきた。

二

唐人屋敷の船着場に間口二間ほどの小さな酒場や屋台店が雲集し、大勢の唐人や水夫《か こ》らが料理を掻《か》き喰《く》らい、酒を飲んでいた。辺りには香辛料と一緒に強火で炒《いた》めた肉の匂いが充満し、男たちの汗と酒と煙草《たばこ》と洋灯《ランタン》の灯心がじりじりと燃える臭《にお》いが加わって一種独特の異界を作り上げていた。

藤之助は背もたれもない椅子に座して火酒を頼んだ。

「つまみはなにか」

唐人の給仕が聞く。

「任せる」

侍が一人きりで唐人の屋台店に来ることなど滅多《めった》にない。それに刻限も夜半に近い。どろんとした酔眼が藤之助の動静を覗《うかが》っていた。なにか唐人の言葉で言い交わす男たちもいた。

危険な雰囲気が船着場に漂ったが、藤之助は一顧《いっこ》だにしなかった。

唐人屋敷の内外にある酒家に何度か訪れたことがあった。

だが、常に太郎次ら土地の人間の案内できていた。一人で訪れたのは初めてだ。

唐人屋敷の長老黄武尊《こうぶそん》と会い、最後には能勢限之助の送別の宴を張った酒家が屋台店の路地奥にあることを承知していたが、藤之助は曲がりくねった迷路の先にある酒家へ行き着く自信がなかった。

その夜の藤之助は、なにより猥雑《わいざつ》な屋台店で酒に溺《おぼ》れたい気分だった。

江戸幕府の直轄《ちょっかつ》組織の長崎奉行所の目的は、異人交易の監督と同時に、隠れきりしたんの摘発と信仰の禁止であった。

藤之助はそのことを頭で重々理解していたし、その上で玲奈を通じて隠れきりしたんの存在とその真摯《しんし》な信仰ぶりを何度も見ていた。

だが、摘発された隠れきりしたんが、拷問を受けて自白を責められる現場に立ち会ったことはなかった。

佐城の利吉が残酷に責める光景とつい堪《こら》えきれず仲間の名を吐《は》いた隠れきりしたんの一人の、医師舜民の様子を見せられ、藤之助の胸中は説明のつかない憤怒《ふんぬ》に苛《さいな》まれていた。

幕藩体制の根幹の一つに邪教信仰の禁止があることは幕臣なれば、当然幼き頃から教え込まれてきた。

藤之助は異国の神に帰依《きえ》する人々と長崎で初めて接し、案内人が玲奈ということもあって自然に受け入れてきた。

だが、幕府にとって隠れきりしたんは、昔も今も幕藩体制の根幹を揺るがすものであったのだ。そのことを佐城の利吉の執拗《しつよう》残忍極まる拷問によって藤之助は改めて思い知らされた。

藤之助の脳裏は未だ混乱したままだ。

縁の欠けた白地の唐徳利《からどつくり》と杯が運ばれてきた。

藤之助の鼻腔《びこう》を刺激する酒は初めて体験するものだった。

唐徳利から杯に手酌で注いだ。口に運ぼうとするとさらに強烈な酒精の香りが押し寄せてきた。

藤之助の一挙一動を唐人らともう一組闇の中から長崎奉行所から尾行してきた連中が見詰めていた。

藤之助は酒を口に含んだ。噎《む》せるような刺激臭が口内に広がり、

かあっ

と焔《ほのお》が燃え上がったような熱さが脳天を突き抜けた。

火酒は藤之助の平静を取り戻させた。

ゆっくりと嚥下《えんか》するように喉に落とした。燃える焔が喉から五臓六腑に落ちていった。それでも火酒を何杯か重ねた。

長崎奉行所の隠れきりしたん狩りの役人はなぜ藤之助を拷問の場に立ち合わせたか。玲奈らと付き合う藤之助への警告か。さらになにか情報を得てのことか。

(言動は厳しく戒めなければなるまいな)

と藤之助は己《おのれ》を律しつつも、

(できようか)

と自らの戒めに疑問を抱いた。

唐人水夫らが藤之助に関心を持ったか、唐人の言葉で喚《わめ》きかけてきた。

藤之助には理解がつかなかったし、相手にする気もなかった。

初めて見る唐人の少女が料理を運んできた。手足が付いたままの鳥料理かと思った。が、どうやら蛙《かえる》を油で丸揚げにしたもののようだ。二皿目には炒めた青菜だけが載っていた。

少女が竹箸《たけばし》と取り皿を置いていった。

藤之助が箸を取り上げたとき、唐人水夫の一人がゆらりゆらりと巨体を揺らしながら藤之助の卓に歩み寄り、いきなり揚げた蛙を手摑みすると、

ぐいっ

と藤之助の口の前に突き出した。

屋台店では箸や取り皿など使わず手摑みで食べろという意か。

藤之助は相手を見上げた。

身丈は六尺三、四寸、太鼓腹は相撲取りさえも凌駕《りょうが》するほど巨大で、ぱんぱんに肉が張っていた。着衣はどこも汗と酒の染みだらけだ。

長い航海の末、長崎に辿《たど》り着いた唐人水夫か。刃物はどこにも携帯してないように見えたが、藤之助は長衣の下に隠されていると推測した。

「独りにしておいてくれぬか」

藤之助が言いかけた。すると言葉が分かったか、相手は突き出した蛙を自分の口に

持っていき、むしゃむしゃと食し始めた。頬《ほお》から顎《あご》に剛毛が密集してその髭《ひげ》には油と酒が染みて光っていた。

「食べたら満足したであろう。去ってくれぬか」

藤之助が穏やかに頼んだ。すると唐人水夫の手が唐徳利に伸びて摑んだ。

「無作法よのう」

唐徳利を摑んだ手首を藤之助が持つ箸が押えた。一見軽く押えたように見えたが、

うっ

と唐人水夫が呻《うめ》いた。そして、強引に手首を引き戻そうとしたが、箸は急所でも押えているのか、びくりとも動かなかった。

ううう

呻きつつ唐人水夫が顔面を紅潮させて全身に力を入れた。

巨体がさらに一回り大きく膨《ふく》れ上がったようで、もう一方の手を大きく振り上げ、藤之助の脳天めがけて手刀を振り下ろした。

藤之助が、

ぱあっ

と押えている箸をどけた。すると巨体が後ろに引かれるように下がり、尻餅《しりもち》を突い

て転んだ。

あっ！

というどよめきが起こった。中には卓から立ち上がって成り行きを見物しようという唐人もいた。

藤之助は箸を持ち替え、青菜を皿に取り分けた。

尻餅を突いた唐人巨漢がわけの分からぬ雄叫びを上げると立ち上がった。

意外と敏捷《びんしょう》な行動だった。そして、その手には湾曲した刃の刃物が持たれていた。

「座興はその程度にしておけ」

藤之助の言葉が終わるか終わらぬうちに、
おおっ！

という怒号が船着場を圧し、刃を突き出すように巨漢が突進してきた。

座したまま藤之助の手が素早く動いた。

青菜の皿が巨漢の目に飛び、炒めたばかりの油が振りかかった。唐辛子《とうがらし》や胡椒《こしょう》が加えられた油だ。

げえっ
と叫んだ唐人水夫が立ち竦《すく》んだ。だが、それは一瞬で突き出していた刃物を振り上げると藤之助に振り下ろしてきた。

目に入った油で視界を奪われた唐人水夫の、なんとも勇ましい行動だ。刃物の切っ先が藤之助の卓の真ん中に突き立ち、巨漢の厚い胸と顔が藤之助の目の前に覆《おお》いかぶさってきた。

藤之助の掌《てのひら》が巨漢の額を軽く、
ぽーん
と突いた。

なんと巨体が三、四間も吹き飛び、地面に転がった。そして、両眼の痛みに耐え切れないのか、その場で巨体を捻《ねじ》って悶《もだ》えた。

見物していた仲間が立ち上がった。隠し持っていた青竜刀を鞘《さや》から抜き放った者もいた。

わあっ!

という新たな喚声とも悲鳴ともつかぬ声が船着場に交錯した。

藤之助は立ち上がる気配もなく、

「静かに酒を飲みたいだけだ」

とだれにいうとなく呟いた。

唐人水夫らの群れが藤之助との間合いを縮めた。

船着場の暗がりが揺れた。

奉行所の密偵らが成り行きをはっきりと確かめるために動いた気配があった。

唐人水夫の群れが二つに分かれ、頭分か、唐の短槍を突き出しながら姿を見せた。

両刃の下の千段巻に青い旗が飾られてあった。

藤之助は未だ動かない。

短槍の穂先が藤之助の眼前へ突き出され、手繰《たぐ》られ、頭上で回された。俊敏な動きで動きの間合いに、
はっ
という気合が挟まれた。

構えが変わった。藤之助を正面に見て、穂先を半間に付けた。

次は踏み込み様《ざま》の一撃がくるか。

藤之助は迷っていた。

対応するのも面倒だった。

（どうしたものか）

奇声とも思える気合声が響き渡り、頭分が動こうとした瞬間、長衣を着た老人が争

いの真ん中に立った。

唐人服の黄武尊だ。

じろり
と黄大人《たいじん》の温和な目が鋭いものと変わり、短槍を構えた頭分と水夫らを見据えた。

すると一団に恐怖の表情が走り、慌《あわ》てて武器を引いた。

黄大人に付き添っているのは、最前料理を供してくれた唐人の少女だ。

その少女の口から鋭い言葉が吐かれると唐人水夫らから見る見る闘争心が消えて、何事か言い訳しつつ船着場から逃げ出すように姿を消した。

藤之助は初めて卓から立ち上がると、黄大人を迎える姿勢をとった。

「座光寺さん、お節介をしたようだな」

「黄大人を煩《わずら》わせ、恐縮至極にござる」

藤之助は腰を折って謝った。

船着場に最前から独り酒を飲む和人は黄大人の知り合いか、と得心するような空気が流れた。

「酒を飲みたければいつもの広場にお出でになればよいものを。このような騒ぎには巻き込まれませぬに」

「大人、酒家への道がよう分からぬ」

「座光寺様でも唐人屋敷の迷路は覚え切れませぬかな」

黄大人が笑い、少女に何事か命じた。

「それに今宵《こよい》はこの船着場で飲んでみたかったのです」

黄武尊がこっくりと頷くと椅子に座した。いつの間にか藤之助が飲んでいた卓の酒も料理も片付けられていた。

「その気持ち分からぬではない」

少女が別の酒を持ってきた。黄大人と飲むとき、いつも供される甕割《かめわ》りの紹興酒の古酒だ。

「口直しに付き合うて下され」

と二つの杯に古酒が盛られるように注がれた。

二人は黙って杯を上げ、干した。

「浦上崩れが起こったそうで」

と黄大人が聞いた。

「最前まで拷問倉で隠れきりしたん宗徒の責めを見せられておりました」

「どうりで今宵の座光寺様は不機嫌と思うておりました。あやつらの命の恩人はこの黄武尊らしい。放っておけば、あやつらの亡骸《なきがら》が船着場にごろごろと転がっておったな」

恐縮です、と答えた藤之助に黄大人が話題を戻した。

「浦上だけで終わりそうですかな」

藤之助は周りを見回した。

長崎唐人屋敷の長老の黄武尊が船着場の屋台に姿を見せることなど滅多にない。それが屋台店に座して酒を飲んでいた。二人の周辺から客が遠ざけられていた。

「樫山に飛び火しそうな気配です」

と浦上の医師舜民の自白を告げた。眉宇《びう》を曇らせた黄大人が、

「朝一番で手配はしてみましょう。だが、間に合わぬかもしれぬ」

と藤之助の鬱々《うつうつ》とした気持ちを察した黄大人がそう答えた。

「それがし、奉行所から尾行されて身動きがつきませなんだ」

「賢明な行動でしたぞ。どちらを訪ねても和人に迷惑がかかる。ここなれば奉行所の狗《いぬ》も船着場までには滅多に上がってきませんでな」

黄大人が笑った。

藤之助は老人の笑みに胸に蟠《わだかま》っていた黒い感情が消えるのを感じた。

「大人、今一つ礼を申さねばなりません。能勢隈之助が澳門に安着し、次の葡萄牙《ポルトガル》船の手配も終わったと書いてきました。それもこれも黄大人のお力添えにございます」

藤之助は頭を下げた。

「呂祥志の船が澳門に着いたことは、われらも承知です。能勢様の南蛮行きは高島家と阿蘭陀商館の手助けがあってのことです。私はジャンクを手配したに過ぎぬ、気になさるな」

と黄大人が鷹揚《おうよう》に笑い、新たな杯を指した。

「隠れきりしたん狩りの名人と呼ばれた小人目付《こびとめつけ》どのがどこぞに消えたと思うたら、江戸からどえらい人物が参られたようですな」

黄武尊はすでに大久保純友の長崎来訪を承知していた。

「此度《こたび》の大目付大久保純友様の長崎来訪、小人目付とは比較になりますまい。幕府の宗門御改の最高位、幕閣直々《じきじき》の出張りです」

「そこです」

と黄大人が即座に応じた。

「滅多にあることではございませぬな」

「なんぞ裏があるとお考えですか」

黄大人がしばし沈黙し、答えなかった。

「隠れきりしたんは、徳川幕府を転覆させるほどの存在ですかな」

「島原《しまばら》の乱で天草に立て籠もった天草《あまくさ》四郎時貞《しろうときさだ》時代のようにきりしたんが武装して抵抗するとも思えませぬ」

「で、ございましょう。長崎奉行所の役人方が動かなくともきりしたん信仰は減りもせず増えもしますまい。それぞれひっそりと先祖から伝えられてきた信仰を守るだけの人々です」

黄大人は長崎の隠れきりしたんは少数で、かつ武力に訴える戦闘集団ではないと言っていた。

「いかにもさよう心得ます」

「だが、江戸幕府は外国列強の砲艦が次から次に押し寄せるこの時期に大目付宗門御改を長崎に派遣なされた」

「隠れきりしたんの取り締まりの指揮のみのために大久保どのは参られたのではないと申されますか」

「未だ判然としませぬ」

と首を捻《ひね》った黄大人が、

「大久保様与力同心のみならず浪士団を密かに長崎入りさせておると思われます」

「ほう、浪士団ですか」

「正規の直参旗本や大久保家家臣とは別の浪士団三十余名を御朱引地《おしゆびきち》大音寺《だいおんじ》に留め置かれております」

さすがに唐人屋敷長老黄武尊の情報網は迅速《じんそく》に作動していた。

長崎の地下人ならばだれもがある記憶とともに大音寺、あるいは大音寺坂を承知していた。

元禄《げんろく》十三年師走《しわす》に起こった事件だ。長崎町年寄高木《たかぎ》彦右衛門《ひこえもん》が代物替頭人、長崎表御船武具預役に任じられた祝いに一族郎党奉公人にも酒が振舞われた。高木家の奉公人二人が祝い酒に酔い、大音寺坂に差し掛かったとき、佐賀藩の長崎勤番鍋島《なべしま》官左衛門《かんざえもん》の家来と坂の途中で出会い、些細《ささい》なことが切っ掛けで長崎を揺るがす大騒動に発展して長崎会所《かいしょ》にも佐賀藩にも多大な被害が及ぶ。俗に、

「長崎喧嘩《げんか》」

と呼ばれる事件だ。

さらに百五十年余の後、座光寺藤之助を討たんと佐賀藩の利賀崎衆《りがさきしゆう》死に狂いの面々が大音寺に参集して藤之助を暗殺しようという事件も起こっていた。

利賀崎衆死に狂いの面々は藤之助一人に敗れて一応の決着を見ていた。

この二つの騒ぎはともに舞台は大音寺かその周辺だった。その大音寺が三度暗殺集団を迎えたという。

「大音寺の浪士団の長は水戸浪士、両剣時中流《りょうけんじちゅうりゅう》とか申す剣術の達人夏越六朗太《なつごしろくろうた》とか」

「水戸浪士にございますか」

「夏越どのについてわれらが知るところは格別これ以上のものはございませぬ。ですが、この浪士団にわれらが承知の人物が一人加わっております。名は市橋聖五郎《いちはしせいごろう》、元佐賀藩藩士にてこの長崎には何度か千人番所勤番で逗留したことがございます。その当時から市橋どのは激しい異人嫌いでございましてな、近頃流行の攘夷《じょうい》派と申してよかろう」

攘夷派、藤之助はすぐに言葉の意を理解できなかった。

「千人番所勤番でありながら阿蘭陀商館の者たちを目の敵《かたき》になされましてな、徳川様の国土に異人は要らぬ。すべて敵と考え、夷を成敗して国土を守ろうとする考えの人士にございますよ」

「それを攘夷派と呼びますか」

「ただ今の日本は百家争鳴、幕閣の一人ひとりに確たる考えもなく、また大名家も幕府の朝令暮改を睨みつつ、どう対処すべきか定まった思想はございませぬ。元々この尊王《そんのう》攘夷は古代中国の周《しゅう》王朝において、天子（王）を尊び、国土に侵入しようという夷（外国人）を攘《はら》うという言葉からきておりましてな、和国の国学者がペリー提督の黒船の脅威に仰天して都合よく解釈して声高に使い出したものでございます、未だ体系だった確固たる思想とまでは申せますまい」

黄大人の説明のように、幕末の激変の中で攘夷派が朝廷を抱いて国体改変を旗印に明白に、

「尊王攘夷」

を叫び始めるのは、さらに数年後開国以後のことだ。

この時点では朝廷にも確固とした開国の考えはなかった。なぜならば、この物語の二年後の安政《あんせい》五年（一八五八）、老中堀田正睦《ほったまさよし》の朝廷工作にも拘《かか》わらず、天皇は日米修好通商条約の勅許《ちょっきょ》を拒絶して、鎖国政策の継続を指示した。孝明《こうめい》天皇は、

「神国日本に夷を住まわせ商売を許すなどもってのほか」

と考える頑迷な排外主義者であったのだ。

「浪士団夏越　某《なにがし》も大目付宗門御改大久保純友も攘夷思想の持ち主にございましょうか」

「その辺をただ今探っております。しばし時を貸して下され、座光寺様」

というと、

「ささっ、新しい酒を」

と黄大人が藤之助に勧めた。

三

唐人屋敷から海に突き出た唐人荷物蔵を横目に本籠町《もとかごまち》、舟大工町《ふなだいくまち》と藤之助はゆらりゆらりと歩を進めた。

黄大人が舟で送らせると言ったが、

「酔いを醒《さ》ましながら戻りますよ」

と断わり、徒歩を選んだ。

刻限は八つに近いか。

どこぞで犬が吠《ほ》えた。

虫が生を競い合うように鳴いている。山手の丸山町《まるやままち》辺りか、火の用心の夜回りの気配があった。波が岸辺にぶつかる音も響いていた。

黄大人とそう杯を重ねたわけではなかった。最初の火酒が強かったということだろう。どんよりとした酔いの塊が脳裏に揺曳《ようえい》していた。

藤之助の頭にふと伊那谷《いなだに》から江戸に出てさらに長崎へ、すぐに一年の節目がやってくるという考えが湧いた。

一年前、本宮《ほんぐう》藤之助は無心に剣術修行に打ち込んでいた。

相手は信濃国《しなののくに》諏訪湖《すわこ》から流れ出て遠州灘《えんしゅうなだ》に注ぎ込む天竜川《てんりゅうがわ》であり、伊那谷を割って流れる雄渾《ゆうこん》な天竜の背後に立ち塞がる伊那山嶺、さらにその後ろに海を抜くこと一万余尺の白根岳《しらねだけ》、赤石岳《あかいしだけ》など重畳《ちょうじょう》たる山並であった。

藤之助は山吹《やまぶき》陣屋の大地に立って川と山に向かい、木刀を構えた。

「構えは天竜の流れの如《ごと》く悠々たれ、赤石岳の高嶺の如く不動にして大きく聳《そび》えよ」

これが師の片桐朝和神無斎《かたぎりあさかじんむさい》の教えだった。

「流れを呑め、山を圧せよ」

戦国以来の実戦剣法、信濃一傳流《いちでんりゅう》の唯一無二の伝だ。あとは力と速さで押し切る剣法だ。

藤之助はこの素朴にして気宇壮大な剣法に独創の技を自ら工夫して加えた。

雪解け水で増水した天竜が轟々《ごうごう》と音を立てて流れ、伊那谷に迫った。

流れに飲み込まれることなく河原にはいくつも岩が流れの上に頭を出して聳えていた。また対岸には切り立った岩場が見えた。

激流は瀬で盛り上がり、行く手を塞《ふさ》ぐ岩にぶつかって四方八方に散り砕け、再び流れに落ちて合体した。

藤之助は無骨な信濃一傳流の二之手として天竜の激流が岩に当たって砕け散る光景を取り入れた。

飛沫《しぶき》はどこへ飛ぶとも予測がつかなかった。ぶつかった勢いで虚空に上がり、あるいは後退して飛び散り、斜め前方へと跳《は》ねた。

藤之助はこの予測もできない激流が砕け散る光景をおのれの剣法に取り入れ、乱戦の技とした。その名も、

「天竜暴れ水」

そんな稽古《けいこ》に無心に明け暮れていた。

藤之助の暮らしを一変させたのは、安政二年十月初めに江戸を襲った大地震だ。

伊那谷を早馬が駆け抜け、天変地異が江戸を襲ったことを伝えていった。

剣術の師であり、陣屋家老の片桐朝和が藤之助ら五人の若い家臣を選んで、江戸屋敷の様子を見て参れと命じた。

伊那谷の座光寺山吹領を出た五人は、江戸へと昼夜兼行で走り抜く使命が課せられていた。だが、一人が倒れ、二人目が路傍に伏せて、最後には藤之助一人に片桐の書状が託されたのだ。

藤之助が江戸で見たものは死者七千余人、怪我人二千余人、倒壊した家屋一万四千余戸という未曾有《みぞう》の災害であった。

後に安政の大地震と呼ばれることになった災害が交代寄合《こうたいよりあい》衆と呼ばれる旗本座光寺家千四百十三石の下士の本宮藤之助をなんと座光寺家の当主に変身させ、江戸を離れて遠く長崎まで藤之助を導くことになったのだ。

藤之助は運命に素直に従った。

(伊那谷の山吹陣屋はどうなったか)

(江戸屋敷は無事に生計《たつき》を立てておるか)

禄高千四百十三石にして諸大名家のように江戸と国許の山吹領の参勤を強いられる交代衆の生計をつい俄《にわ》か当主は案じた。

藤之助の脳裏に座光寺家に行儀見習いで女中奉公に入った文乃《あやの》の顔が浮かんだ。だが、藤之助の火酒にどんよりとした頭に文乃の相貌《そうぼう》がはっきりと結ばなかった。

酔いのせいではない。

藤之助の余りにも激変した暮らしと境遇が文乃の顔を薄れさせていた。

この一年、短くも長かった。

世間しらずの藤之助は百戦錬磨の姉様女郎のように強《したた》かに変貌していた。

(もはや伊那谷の本宮藤之助にも江戸屋敷時代の座光寺藤之助にも戻れぬな)

これが藤之助の正直な気持ちであり、宿命だと己《おのれ》に言い聞かせた。

激変する国際社会の中で座光寺家に与えられた秘命をどう全うするか。

藤之助は世がどう変わろうと座光寺家を支えてきた、

「黙契」

だけは守り通す所存と覚悟だった。

そのために長崎暮らしがあるのだ、そう藤之助は己に言い聞かせた。

(あとは瑣末《さまつ》のことよ)

とわが胸中を得心させようとしたが、能勢隈之助をあっという間に異国に運んでいった歴史の激流にいつまで覚悟を通し抗せるか。

蔵屋敷の暗がりで鳴いていた虫の鳴き声がふいに止んだ。

藤之助は石橋を前にしていた。

前後を囲まれていた。それを承知で石橋を渡ろうとした。すると前方に一つの影が浮かんだ。

奉行所から藤之助を尾行してきた隠れきりしたん狩りの密偵とは違うと、藤之助は直感した。

橋の真ん中で歩みを止めた。すると行く手を塞《ふさ》ぐ深編笠、古びた袖無《そでな》しに筒袖の影が藤之助の前に歩いてきた。

身丈は五尺七寸余か。足元を武者草鞋《わらじ》で固めていた。

橋の袂《たもと》の常夜灯の明かりがそんな風姿をおぼろに浮かび上がらせた。だが、深編笠に隠された顔の表情は見えなかった。

長崎者ではない、藤之助の判断だった。

身のこなし、五体から醸《かも》し出す危険な雰囲気、諸国行脚の真剣勝負で腕を磨いてきた武芸者と思えた。

「座光寺藤之助どのか」

「おてまえは」

「そなたの行動、直参《じきさん》旗本として許すべからず」

「ほう、浪々の武芸者がこの座光寺藤之助の行動に注文か」

「長崎町人と交わり、阿蘭陀商館に出入りし、唐人屋敷に遊ぶ。夷狄《いてき》やばてれんを友とする心得違い正してくれん」

しわがれ声は中年のものと思えた。

「もう一度聞く。どなたかな」

「要らざる問いかな」

「大音寺に夏越六朗太どのを頭にした浪士団が宿営しておると聞いたがその一人か」

「うっ」

と相手が返答を詰まらせた。

「長崎は狭い。それにおぬしらが考える以上に風聞諸説はすぐに広まる。そんな町なのだ」

「斬る」

刀を抜いた。

頭上に突き上げた剣をゆっくりと正眼へと下した。どっしりとした重厚な構えだ。

刺客の背後にだれが控えるのであれ、なかなかの腕前だ。

「ほう、衆を頼んで襲いくると思うたが一人でこの座光寺藤之助を斃《たお》すと申されるか」

「若造一人なんのことがあろうや」

藤之助も藤源次助真二尺六寸五分を正眼に置くと、師の片桐神無斎が江戸の座光寺家の墓前で相伝した、

「信濃一傳流奥傳《おうでん》正舞四手従踊八手」

の一之手に構えた。

「うーむ」

流儀も姓名も名乗らぬ武芸者が訝《いぶか》しい呟きを洩らした。

長崎伝習所剣道場の教授方の剣技は迅速にして豪儀とでも聞き知っていたか。

間合い一間の戦いを二組の群れが暗がりから眺めていた。

一組は長崎奉行所から尾行してきた隠れきりしたん探索の密偵たちだろう。もう一組は名も知らぬ武芸者の仲間、勝負の行方を確かめる者たちだ。

正眼の剣がゆるゆると上段へと戻された。

藤之助は微動もしない。

家の棟三寸下がるという丑《うし》の刻限に至り、藤之助の脳裏から雑念は消えて、相手の仕掛けのみを探知しようと集中していた。

藤之助より三、四寸は低いはずの武芸者の体がひと回り大きく変身したように思えた。

数多の修羅の場で身につけた目晦《めくら》ましか。

上段の剣が眼前の闇を切った。

夜気が二つにすっぱりと斬り分けられるほどの太刀筋ですぐ元の上段へと戻された。それが二度三度と繰り返され、段々と上下の運動が早くなった。だが、頑健な体はぴくりとも動いていなかった。

眠気を誘うような上下運動を藤之助は両眼を細めて確かめつつも相手の武者草鞋《わらじ》の足元に落した。

深編笠が顔の表情を消していた。

両腕は上下に激しく動いていたが、わずかに腰を沈めた体は微動もしていなかった。

間合いは未だ一間。

斬り合いに入るにはどちらかが踏み込む要があった。

藤之助にはその気はない。相手が仕掛けてくるのを待てばよい。襲い掛かる火の粉を振り払うだけのことだ。

武者草鞋の爪先に力が入った。

藤之助は見ていた。

激しくも間断なく上下に動かされていた剣が相手の胸元に引かれた。次の瞬間、武者草鞋の爪先が石橋の石を蹴った。
雪崩《なだれ》るように相手の体が藤之助へと襲い掛かり、上下していた剣が、
ぱあっ
と虚空に止まり、
すぱり
と藤之助の脳天に振り下ろされた。
藤之助が正眼の構えのままに、
そより
と横手に六尺余の長軀《ちょうく》を半身の構えに移行しつつ滑らせたのはその瞬間だ。迅速とはかけ離れ、能楽師が能舞台ですり足に動く、あの悠久の気配であった。
相手の剣が藤之助の肩口すれすれに落ちていくのを藤之助は凝視《ぎょうし》していた。
体が入れ替わり、互いが反転した。
その動きは対照的であった。
最初の一撃をし損じた武芸者の口から思わず、
しえっ

という罵《のの》り声が洩れ、迅速に反転した。
一方、藤之助は相手の間合いの内にあって悠然たるすり足の舞で半身から相手を正面に見る位置に戻していた。
今度は両者が間合いを互いに縮めた。
振り下ろされて虚空を切り裂いた武芸者の剣は再び上段へと上げられていた。
藤之助の助真は扇を両手で捧げ持つように正眼のままに保持されていた。
きえっ
腹の底からの、短い気合が武芸者の口から洩れ、上段の剣が舞い動いて近づく藤之助の脳天を真っ向から唐竹《からたけ》割りに捉えようとした。
藤之助の正眼の藤源次助真の切っ先が、
ふわり
と夜気に溶け込んで武芸者の首筋に差し出された。
切っ先がまず深編笠の紐《ひも》を断ち切り、喉首に、
ぱあっ
と振るわれた。
相手は一瞬にして動きを止めて立ち竦《すく》んだ。まるで時が停止したかのように凍り付

いた。
しばし、無言の間があってゆっくりと深編笠が頭から落ちた。
四十過ぎか歴戦の兵《つわもの》を思わせる陽に焼けた髭面だった。
ああっ
という悲鳴が闇から上がった。
顎の張った相貌《そうぼう》が藤之助を睨んだ。
両眼が見開かれて驚きの表情を漂わしていた。
「な、なんということが」
驚愕《きょうがく》の表情が恐怖のそれと変わり、喉がぴくぴくと動いて、
ぱあっ
と血飛沫《しぶき》が飛んだ。
その瞬間、藤之助の体は横手に逃れて振り返った。
武芸者の背が丸まり、よろよろと前進した末に愕然《がくぜん》と膝が崩れ落ちていった。
藤之助は助真の血振りをしながら、橋の上に倒れた相手を見た。
幾星霜《いくせいそう》、旅暮らしにあったことを、陽光に風雨に痛めつけられた五体が表していた。

藤之助の一撃に破れた武芸者の首筋から黒い血が流れ出て広がっていく。

助真を鞘《さや》に収めた藤之助は亡骸《なきがら》に向かい合掌《がっしょう》した。

闇で蠢《うごめ》く影がひっそりと消えていった。

藤之助は伝習所の教授方の宿房に戻りつき、井戸端で釣瓶《つるべ》に水を汲《く》んで顔と手足を洗った。気持ちが鎮まった。

背後に人の気配を感じた。

「遅いお戻りにございましたな」

振り向くまでもなく声の主は勝麟太郎《かつりんたろう》だった。

「酒に溺れたくて唐人屋敷に参りました」

「座光寺先生もそのような気になりますか」

藤之助はすぐに応じられなかった。

「立山支所拷問倉で隠れきりしたんの責めに立ち会わされたそうな。酒を飲みたい気分も分かります」

勝麟太郎が言った。

「なかなか不動心には達しないものです」

藤之助は正直に答えた。

「老婆心ながら座光寺先生にご忠告申し上げたい」

「お聞きします」

「大目付宗門御改大久保純友様、若くして抜擢された人物だけに手強い。此度の崩れには精々《せいぜい》ご注意下され、そのことを案じてそなたの帰りを待ち受けており申した」

「勝先生、ご忠告座光寺藤之助肝《きも》に銘じます。今宵は最前も申しましたようにざわつく気持ちを鎮めたく酒を求めました」

「お一人でしたか」

「それが奉行所を出るところから大勢の連れがございましてな、賑《にぎ》やかなことにございました」

「連れですと」

と一瞬訝しい顔をした麟太郎が、

「ああ、密偵どもを引き連れて唐人街に行かれましたか」

「和人ひとりで飲み食いするのは珍しいとみえて唐人水夫が悪さを仕掛けましたが、黄武尊大人に救われました」

「そなたなれば黄大人の手を借り受けるまでもございますまい」

と応じた勝麟太郎に、

「さらに帰り道舟大工町の橋上において、旅の武芸者風の侍に待ち伏せにされましてございます」

と立ち会わざるを得なかった戦いの経緯《いきさつ》を語った。

「なんとそのようなことが。座光寺先生の身辺一刻たりとも平静はございませぬな」

「それがしが求めたわけではございませぬ」

「日本を突き動かしている時代の波が座光寺先生を風雲の渦中におくのです。その武芸者、夷狄やばてれんを友とする心得違いを正すと申したのですな」

「そのようなことを申したと記憶しています」

「外国列強が鎖国の日本を狙っております。われら、二百有余年の安寧《あんねい》の眠りに諸外国から立ち遅れ申した。政《まつりごと》も商いも軍事科学技術もすべて二百年の遅れをとった。このままでは清国同様に外国列強に滅ぼされる」

「勝先生、どうすればこの国を救えるのです」

藤之助は思わず聞いていた。

「この勝麟太郎、三年前に幕府に海防意見書を提出しました。ペリー提督が黒船四隻を率いて浦賀に来航した大騒ぎの後のことです」

「知らなかった、お聞かせ下さるか」

頷いた勝麟太郎が、

「道場に参りませぬか。時に夜を徹して語り合うのも悪くございますまい。とくに座光寺先生とはな」

と言い、藤之助が頷いた。

四

浦賀沖に四隻の巨大砲艦が姿を見せたのは嘉永《かえい》六年（一八五三）六月三日であった。

黒煙を上げて自走する蒸気船二隻に帆船二隻、ペリー提督が率いる亜米利加東インド艦隊である。

前年に建艦された旗艦サスケハナ号は二四五〇トン、全長七八メートルの最新鋭艦であり、もう一隻の蒸気船は一六九二トン、随伴の二隻の帆船は八〇〇トンから九〇〇トンと予測された。

艦隊の砲備は一〇インチ砲二門、八インチ砲十九門、三二ポンド砲四十二門の計六十三門と巨大な破壊力であった。

「泰平の眠りをさます上喜撰《じょうきせん》　たった四はいで夜も眠れず」

茶の銘柄の上喜撰と蒸気船をかけた狂歌が日本中を駆け巡ることになる。

「座光寺先生、わが幕府は開闢以来、きりしたんなどの異教禁制を柱にする鎖国体制をとって参りました。この鎖国体制が完成を見るのは寛永《かんえい》十八年（一六四一）のことにござった。その前年にはこの長崎で澳門より交易再開の交渉のために来航した葡萄牙船の乗組員六十一人を鎖国令に照らして処刑する騒ぎがございましてな、またこの年には阿蘭陀商館が平戸からこの長崎に移されております」

勝麟太郎は、日本を取り巻く外国事情に疎《うと》い藤之助に嘉永六年の黒船来航から話し始めた。

二人は剣道場に行灯を照らし、向かい合っていた。

「元々《もともと》この亜米利加東インド艦隊の来航は阿蘭陀商館長ドンケル・クルチウスが風説書として予告しており、幕府は大騒ぎのあとに黙殺した経緯がございます。これら四隻の黒船の交渉に最初にあたったのは、浦賀奉行所与力中島三郎助《なかじまさぶろうすけ》どのと阿蘭陀通詞《つうじ》の堀達之助《ほりたつのすけ》どのにござったそうな。中島どのは艦隊の長崎回航を命じ、艦隊側はそれを拒みました。将軍家への亜米利加大統領の国書を渡すと執拗《しつよう》に回答して、一時は砲撃も辞せず、江戸湾乗り入れを強硬に主張したのです。当時、わが幕府の外国船への対応条例は、天保薪水令《てんぽうしんすいれい》です。外国船が領土に近づいた折には相手を上陸させず、食べ物や薪や水など必要最低限度のものを与えてともかく穏やかに去らすという消極策にござった。この政策は阿片《あへん》戦争の結果に狼狽《ろうばい》した幕閣が打ち出したものです。もはやきりしたん禁制などを眼目とする鎖国令は有名無実、大きくその意を変えていたのです。

幕府の方針は、

一、きりしたん国でない外国船の受入

一、和人の海外渡航禁止

一、大型外洋船の所有、建造の禁止

などこのようなものに変化しております。幕府ではクルチウスからの報告、『当子年阿蘭陀別段風説書』で亜米利加東インド艦隊の来航を予測できたにも拘わらず、有効な手立てをなにも講ぜず周章狼狽して議論にならぬ有様にござりました」

藤之助はわずか三年前に日本じゅうを揺るがした大事件の概要を初めて勝麟太郎の口から知らされ、ただ驚きの一語であった。安政の大地震以上の騒動が国体を揺るがしていたのだ。

藤之助の頭には改めて、

「座光寺藤之助、いかにも伊那の山猿であったわ」

という思いしかない。

「亜米利加は英吉利から独立した新興国にござる。その黒船四隻の東インド艦隊への対応すらわが幕府は的確にとりえず、結局、久里浜《くりはま》で浦賀《うらが》奉行戸田《とだ》氏栄《うじよし》様と井戸《いど》弘道《ひろみち》様を全権として亜米利加大統領フィルモアの国書を受け取らされたのです。国書を渡すことに成功したペリー提督は全艦隊に出港を命じ、江戸湾を去りましたが、彼は出港前にこれからもさらに多くの砲艦を率いて改めて来航することを通告しております。幕閣ではこの艦隊江戸湾侵入の事実と国書受理を朝廷に通達するのは艦隊が去った三日後のことでした。私が、幕府に海防意見書を提出したのはおよそ艦隊出港から半月も過ぎたときです」

このとき、勝麟太郎はわずか四十俵取りの小普請《こぶしん》（無役）、三十一歳であった。

これに先立ち、幕府では諸大名、旗本諸家に亜米利加の国書を示して対応策など考えを申し出るように通達を出し、勝はこの申し出に答えるかたちで意見書を提出した。

「それがしはもはや鎖国令は有名無実、なんのお役にも立たぬという前提で積極的な開国を主張申し上げたのです」

「さすがに勝先生でございますな」

「なんの、だれにも分かる策にござろう。われらの前には阿片戦争に敗北した清国の例がござってわれらの行く末を示しております。そのことに少しでも思いを致せばおのずと答えが出てき申す。それがしが、第一番目に力説致したのは、遅まきながら大船建造禁止令を廃して自走式の大型商船を造り、大いに交易に従事してそこから上がる利益を大砲、砲艦などの購入費にあてて防備を調《ととの》えよというものにござった。第二には幕府、大名を問わず新たな人材を登用して、兵制改革を断行するというものです。また、和であれ、唐であれ、洋であれ有益なる考えは実学に即取り入れて断行いたさねばなりませぬ、このことを強調したのです」

「勝先生のお考えのような方は他にもございましたか」

「諸大名、大半の旗本衆からは、特段意見ござらぬという未曾有《みぞう》の危機さえ心得ぬ意見が続出したそうです」

「なんと」

「また長州藩主毛利《もうり》慶親《よしちか》様からは亜米利加の要求を断固拒絶すべし、という考えが示されました。もはやわが幕藩体制が風前の灯《ともしび》ということを心得ぬご意見です。たった四隻の砲艦がわれら三百諸侯、旗本八万騎の武力をはるかに凌駕《りょうが》している事実から目を叛《そむ》けておられます、彼我の国力、軍事力は比較にもなりませぬ」

「勝先生の意見書はどうなりました」

「しばらくは放置されておりましたがな、老中阿部正弘《あべまさひろ》様のお目に止まり、かような海軍伝習所開設へと繋《つな》がったと思うております」

阿部正弘は安政二年老中首座を堀田正睦《ほったまさよし》に明け渡す。

交替劇には背景があった。

黒船来航後、幕閣は阿部、水戸の徳川斉昭《なりあき》、薩摩《さつま》の島津斉彬《しまづなりあきら》らを中心に運営されてきた。これに対し、譜代、名門の諸大名の溜間詰《たまりのまづめ》の間で不満が高じていた。

特に溜間詰派に属する松平乗全《まつだいらのりやす》、松平忠優《ただます》の二人の老中が罷免《ひめん》されたことに溜間詰派の主導者井伊直弼《いいなおすけ》が激怒し、阿部は同じ派の堀田正睦を起用して老中首座を譲り、融和策をとらねばならなかったのだ。

「座光寺先生、長崎に異なことが生じておる」

「なんでございますな」

「なぜこの時期に大目付宗門御改の大久保純友様が長崎に参られたか。またその機に合わせたように三番崩れが始まったか」

勝は不意に話柄を転じた。

「国体を揺るがす列強の砲艦外交の前に、隠れきりしたんの存在などどれほどの害になりましょうや」

幕臣の一人としては大胆な意見であった。

藤之助はただ頷いた。

「座光寺先生、長崎奉行に荒尾石見守成允《あらおいわみのかみしげまさ》様が着任なされ、この十一月には事務引継ぎを終えられた川村様が離任されますな」

藤之助はむろん承知していた。

「それに同じ時期に大久保様が長崎に参られた。この大久保様、当分長崎に腰を落ち着けられるとか」

「隠れきりしたん摘発が狙いではないと勝先生は申されますので」

「最前座光寺先生を襲うた刺客ですが、こやつ一人の考えで座光寺先生を襲うたわけではございますまい」

「寺町外れの大音寺に浪士団とか申す剣客三十余人が密かに逗留しておるとか」

「ほう、そのような噂がございますか。さすがに座光寺先生かな」

「それがし、最前の刺客、浪士団の仲間の一人かと推測しておりました」

うむうむ、と勝が頷き、藤之助が語を継いだ。

「浪士団を伴うてきたのは大久保純友様ではないかと、たれぞに聞きましたがな」

むろん藤之助に告げ知らせたのは黄大人だ。

「首領格は水戸浪士にて両剣時中流の達人夏越六朗太、腹心格の市橋聖五郎は元佐賀藩士にて長崎の千人番所の勤番を勤めたこともある人物と聞いております」

勝麟太郎の目が光った。

「水戸に佐賀」

と呟いた勝麟太郎の言葉が止まり、思案に入った。

じりじり
と音を立てるのは行灯の灯心が燃える音だ。剣道場内に響く唯一つの物音だった。

「座光寺先生、幕閣も幕臣も大名家も一枚岩ではござらぬ。かしましいほどの意見が百出しておりますが、どれも役に立つとも思えぬ。どれもが厳しい現実を直視しておりませぬ。まずわれらを取り巻く現実を見据えた上の、冷静な意見など皆無に等しい。大目付の宗門御改が幕閣のたれぞに命じられて長崎入りしたかどうか慎重に見極める必要がござろう」

いかにも、と藤之助が頷いた。

「座光寺先生は伝習所候補生の能勢隈之助が今何処《いずこ》にあるか存じておられよう。また高島玲奈どのを通じて異国の軍事力科学力を承知のそなただ。われら、残された僅《わず》かな時間に列強に追いつかねば清国の二の舞になる、そのためになにをなさねばならぬかとくと承知はしておられる。この長崎で阿蘭陀商館を襲い、危害を加えるような騒ぎを起こさせてはなりませせぬ」

藤之助は静かに頷いた。

「国を滅ぼすことだけは避けねばならぬ。そのためになにをなすか」

「座光寺藤之助、勝先生の胸中を察しておるつもりです。そのために何事かなさねばならぬならば、申し付けくだされ」

今度は勝が大きく頷いた。

「以心伝心、気持ちは互いに通じておると考えておりましたが話してよかった」

藤之助は首肯《しゅこう》すると、

「勝先生、もう夜明けも近うございます、寝る時間もございますまい。稽古《けいこ》を致しませぬか」

「おおっ、稽古を付けて下さるか」

「男谷精一郎信友《おだにせいいちろうのぶとも》先生の直心影流《じきしんかげりゅう》道場で稽古を積まれた勝先生です、伊那の山猿が稽古など付けられましょうか。こちらこそご指導お願い申します」

藤之助は頭を下げた。

勝麟太郎は幕末の剣聖男谷とは又従兄弟《またいとこ》でもあった。

「十年前は別にしてこの数年道場でまともに汗を流しておりませぬ。麒麟も老いれば駑馬《どば》の喩《たと》え、老伝習生は間違いのう伝習所剣術指南の座光寺先生とは師と弟子の間柄にございますでな」

と笑うと立ち上がった。

この時、勝麟太郎は海軍伝習重立取扱《じゅうたつとりあつかい》という職掌《しょくしょう》にあり、伝習所の最高幹部の一人であると同時に第一期の伝習生でもあった。

藤之助は二十二、勝は三十四で年の差が十一もあった。

二人は相正眼《あいせいがん》で構え合った。

「ほう、さすがに」

という勝の呟きが洩れた。

藤之助は藤之助で、勝麟太郎の直心影流がなかなかの技量であることを悟った。

「お願い申す」

と声をかけた勝が正面から踏み込んできた。

無駄のない動きで鋭く振り下ろした。

藤之助は正眼の構えから面打ちにきた竹刀を弾いた。すると勝の竹刀が変幻して藤之助の胴へと襲いきた。

受けた、払った。

勝麟太郎は攻めに終始した。

それを藤之助は受け続けた。

悠揚迫らぬ勝の攻撃が乱れてきた。やはり日頃の稽古不足が祟《たた》っていた。それでも勝は荒い息を弾ませながら竹刀を振るい続けた。

頃合を見て、

すいっ

と藤之助が竹刀を引くと後退した。

ふうっ

と大きく勝が息を吐いた。

「座光寺先生に一泡くらい吹かせようと攻めてみたが、こちらが草臥《くたび》れただけにござったな」

「勝先生は余りにも多忙、稽古の時間さえとれればすぐにも錆《さび》は落せます」

「そう慰めてくれんでもよい、座光寺先生」

と苦笑いした勝が、

「座光寺先生、ちと願いがござる」

「なんでございましょう」

「座光寺先生の信濃一傳流の剣技、先生らの歓迎の宴の夜、唐人たちの前で披露なされたので、それがしもとくと拝見した。天竜暴れ水でしたかな、先生一人で大勢の唐人剣客を相手に乱戦の剣技を見せてもらいました。だが、信濃一傳流の奥傳《おうでん》をそれがし存ぜぬ。このような機会は滅多にござらぬ。厚かましき願いなれど勝に見せてはくれませぬか」

藤之助はただ無言で頷くと、

「今夜は二度も奥傳を披露することになりました。暫時《ざんじ》お待ちを」

と願った。

藤之助は伝習所師範部屋の仏間から線香を持ってきて行灯の明かりで火を点《つ》けた。五、六本の線香を道場床の板と板の隙間《すきま》を利用して一本ずつ離して立てた。だが、隙間のせいで線香と線香は等間隔に立てられてはいなかった。

煙が、

すうっ
と気配もなく真っ直ぐに立ち昇る。

藤之助は刀掛けの藤源次助真を腰に手挟《たばさ》んだ。

勝麟太郎は見所下に座して藤之助の動きを見ていた。

藤之助は神棚に向かい拝礼し、瞑目《めいもく》すると気持ちを鎮めた。

両眼を見開いた藤之助が間合いばらばらに立てられた線香に囲まれるように真ん中に立った。

再び瞑目した。だが、瞼《まぶた》が閉じられていた時間はわずかだった。

藤源次助真を抜き放ち、

「信濃一傳流奥傳正舞四手従踊八手、ご披露申す」

という静かな言葉が洩れた。

正舞一手は正眼に置かれた。

勝麟太郎は天竜暴れ水から類推して迅速の剣捌《けんさば》き、体の動きと想像していた。だが、正眼の剣を構えた藤之助が見せた動きは神韻縹渺《しんいんひょうびょう》として荘重な能楽師の動きにも似ていた。

「これは」

勝麟太郎は思わず呟いていた。

伝習所剣道場は未だ夜明け前の濃い闇にあった。だが、行灯の明かりが一基点《とも》され、六本の線香が煙を真っ直ぐに立ち昇らせているのを見せていた。

その間を藤之助は剣の構えをゆるゆると変化させせながら舞い続ける。

摺《す》り足は官能の弧を描きつつ永久の舞が変容していく。

一手から二手へと流れるようにかたちを変えつつ正舞四手が動き修められた。

勝麟太郎は藤之助の足捌き、そして袴《はかま》の裾《すそ》に注目していた。

狭い間隔に立てられた線香の間を六尺余の長身が抜けた。わずかな隙間だ、藤之助の動きと袴が線香の煙を揺らしそうに思えた。

だが、煙はひと戦《そよ》ぎもすることなく藤之助はすり抜けてかたちを決め、さらに移動した。

正舞四手から従踊八手に移った。

悠久無限の動きは亀の歩みにも似て遅々としているように思えた。

だが、動きの間にわずかな弛緩《しかん》も見えなかった。

どこにも隙がなく濃密な緊迫があった。

対峙《たいじ》する相手がいて、このゆるゆるとした動きの間に仕掛けたとしたら、円環の如く終わりのない動きは一瞬にして相手の迅速の剣にそよと合わせられ、次の瞬間、相手の力を殺《そ》ぎ、必殺の反撃が加えられるだろう。

直心影流の会得者勝麟太郎はそのことを理解した。

時が流れていく。

線香の煙はそよとも揺れることなく従踊八手が披露され、再び正舞四手に戻って繰り返された。

勝麟太郎は全身に汗を掻《か》いていることも筋肉が強張っていることも気付いていなかった。

床に座した座光寺藤之助が神棚に向かい一礼して、勝に向き直り、

「未熟な技にございました」

と告げたとき、
ふうっ
と深い息を一つ吐いた。

「お手前はなんとも恐ろしき人物よのう」

「なんの伊那の山猿にございます」

「座光寺先生、勝麟太郎、そなたがわが味方であることを神仏に感謝致す。そう考え

て宜《よろ》しいな」

「勝麟太郎様、今後とも宜しゅうお付き合い下され」

藤之助と勝麟太郎は微笑《ほほえ》み合った。

そのとき、朝稽古の門下生らの気配が道場の玄関にした。

すうっ

と新しい朝の光が伝習所の格子窓から差し込んできた。

第三章　角力灘《すもうなだ》の海賊

一

この日、藤之助《とうのすけ》は朝稽古《げいこ》の後、師範宿舎に戻り、一刻余り仮眠した。

昼前に起きた藤之助は伝習所内の湯屋に行き、湯に浸《つ》かった。伝習生や候補生は講義に出ていたから、広い湯船にはだれもいないように思えた。

強張《こわば》った筋肉が湯の中でゆるゆると解《ほぐ》れていくのを感じながら、藤之助は目を瞑《つぶ》って湯に浸かっていた。

広い湯を独占していると藤之助の体の細胞が覚醒《かくせい》してきた。

だれか湯船に入ってきた気配があった。

目を開けた。すると長崎奉行所目付光村作太郎《こうむらさくたろう》が湯から顔だけ出して藤之助を見ていた。

「これは気付かぬことでした」

「座光寺《ざこうじ》先生は徹夜をなされた様子ですね」

「勝先生から異国事情などを教えて頂いているうちに夜明けを迎えてしまいました。それがしは一刻ほど仮眠致しましたのでよいが、勝先生は今頃眠い目をこすりながら阿蘭陀《オランダ》人教官の講義を受けておられることでしょうな、迷惑をかけ申した」

「夜明けにお二人で稽古もなされたとか」

「さすがに目付どのだ。われらの行動を逐一《ちくいち》承知しておられる」

「これが務めにござってな、お許し下され」

「なんの御用熱心なによりにござる」

「座光寺先生、二つばかりお尋ね申す」

「なんなりと」

二人は湯の中で半間ほど離れて顔を合わせていた。

「唐人荷物蔵の東側の波間に長崎者とは思えぬ、武芸者風の年配の仏が一つ浮いておりましてな。喉首《のどくび》を一撃、深々と刎《は》ね斬《き》られておりました。凄《すさ》まじい必殺の斬り口にござった」

「唐人の荷物蔵と舟大工町《ふなだいくまち》に口を開く堀とは向かい合っておりましたな」

「いかにもさよう。なんぞお心当たりがござろうか」

光村が藤之助の顔を凝視《ぎょうし》した。

「昨夜半、唐人屋敷にて飲食を済ませ、伝習所へ徒歩で帰宅致しました。その途次、舟大工町と銅座の間を結ぶ橋上でそれがしを一人の刺客が待ち伏せしておりました」

「ほう」

「幾星霜《いくせいそう》旅の空にあって武者修行を続けてきたと思える武芸者にござった、腕前もなかなかのものにござった。年はそう、四十前後か。身丈五尺七寸余り、顎《あご》の張った髭《ひげ》面《づら》にござった。おそらくはその者の亡骸《なきがら》にござろう」

光村作太郎が頷《うなず》いた。

「座光寺先生が斬り捨てられたわけですな、なぜ奉行所に報告なされませんでしたな」

詰問の語調ではなく役目柄問い質すという感じだった。

「斃《たお》した相手を放置して伝習所に戻ったのは確かです。お手前方に不審を抱かれても致し方ございませぬ」

「なんぞ放置した理由がございますか」

「姿は見えなんだが、この者には複数の仲間がおりました。戦いの経緯《いきさつ》を闇から見張っておりました仲間にその始末を任せたといえば無責任だが、仲間が襲いくる恐れも考えられましたのでな、それがし、早々に現場を離れました」

「座光寺先生なれば、大勢に襲われようといささかの不安もございますまいに」

「なんのなんの。古来、武芸者は危うきに近寄らずが長生きの秘訣《ひけつ》にござってな」

藤之助の面白くもない冗談に光村作太郎が声もなく笑った。すると湯船の湯が揺れた。

「座光寺先生、その者に心当たりはございませぬので」

「見知らぬ顔にございました。むろんその者もそれがしとは初対面であったと思います」

「たれぞに雇われたのでしょう」

「間違いなく。ゆえに闇から結末を見張っていたのではございませぬか」

「雇った者に心当たりはございませぬか」

「ござらぬ、ただ……」

「ただ、どうなされましたな」

「その者、それがしと向かい合うたとき、夷狄やばてれんを友とする心得違いを正す、とそれがしに宣告し申した」

「おもしろい」

と光村作太郎が応じると湯船の湯を掬《すく》い、顔をごしごしと洗った。そして、空手でぺたぺたと顔を叩《たた》いた。

「水に浮いていた男の懐《ふところ》には金子二十五両がございました。浪々の武芸者には不釣合いの大金にございます」

「それがしの命、切餅一つにございましたか。伊那《いな》の山猿になかなかの値がついたもので」

「座光寺藤之助為清《ためすが》様の値、そんな端金《はしたがね》ではございませぬぞ」

と言い切った光村が、

「座光寺先生、唐人屋敷へはなんぞ御用でしたか」

と問いを転じた。

「そなたはもはや承知であろう。それがし、隠れきりしたんの牢問いの現場を見物させられましてな、鬱々《うつうつ》とした気分に襲われました。そこで唐人屋敷の船着場に酒を飲みに参りましたので」

「あそこへは唐人の案内なく和人一人で近付くなど剣呑《けんのん》です」

「それほど気分が滅入《めい》っていたということです」

「たれぞにお会いになった」

「黄大人《こうたいじん》としばらく雑談を交わす機会を得ました」

藤之助は唐人屋敷船着場の屋台店での出来事を光村に正直に告げた。

「その帰路に襲われたのですな」

「いかにも」

と答えた藤之助は、

「光村どの、それがし、立山支所拷問倉《ごうもんぐら》を出る折から密偵に尾行されておりましたから、それがしの行動は逐一《ちくいち》ご存じでござろう」

それが、と光村が苦笑いした。

「此度《こたび》の三番崩れ、江戸から参られた方々の仕切りにございましてな、われらや飯干十八郎《いいぼしとおはちろう》どのらは蚊帳《かや》の外に追いやられております。江戸の方々は早朝から外海《そとめ》に出張《でば》られましたが、われらには音沙汰《おとさた》なしです」

「おかしな話ではございませぬか」

「われら現場の下役人は江戸城中のお考えなど皆目見当もつきませぬ。そのほうら、目を瞑っておれと命じられればそうせざるをえない。だが、座光寺様、一寸の虫にも五分の魂、われらが長年務めてきた職分を取り上げて勝手放題に引き掻《か》き回されるはちと業腹《ごうはら》、理不尽にございます」

藤之助は光村の静かな怒りを理解できた。

「二つ目の問いとはなんでございますな」

藤之助から話題を転じた。

「奉行所内でも極秘の事実にございます。その旨《むね》、お含みおき下され」

藤之助が頷いた。

「この一月、続けざまに三人ほどが殺されて死骸が放置されて見つかっておりましてな」

「それもそれがしの仕業と仰《おつしや》る」

光村が苦笑したが目は決して笑っていなかった。

「お聞き下され」

「承りましょう」

「一人目が発見されたのはおよそ一月前のことです。長州萩藩《ちようしゆうはぎはん》家臣にてこの数年長崎に藩命で医学を勉強にきておった柘植養之助《つげようのすけ》どのです。年齢は二十八歳、剣術の腕前は存じませぬが、手に仏蘭西《フランス》製の輪胴式連発短筒を構えたまま肩口を深々と斬り割られて絶命しておりました」

「発砲した痕跡はございましたか」

「一発発射したと思えます。銃口に硝煙がこびり付いていましたからな。だが、斬撃が短筒より早かった。亡骸《なきがら》は萩藩に引き渡されるために船で長崎を出ました」

「二人目の犠牲はだれにございますな」

「一人目からおよそ十日後に発生致しました。長崎奉行所阿蘭陀通詞《つうじ》の山迫杉内《やまざこすぎない》と申す者にて、先生はご存じござらぬか」

藤之助は顔を横に振った。

「山迫、阿蘭陀通詞にして英吉利《イギリス》語に堪能《たんのう》でござった。大男で常に杖と称して六尺の樫《かし》の棒を持参しておりましたが、唐少林寺派の棒術の会得者でございましてな、長崎では名物男にございました。この者もまた肩口を袈裟《けさ》に斬られて見つかりました。山迫の棒は斬撃を避けようとして構えられたか、手にありましたが固い赤樫の棒がすっぱりと両断されておりました」

「なんとのう」

「三人目はつい三日前のことにございます。摂津《せっつ》大坂から長崎に参り、長崎会所《かいしょ》にて異人相手の交易の修業を致していた大店の跡継ぎ天満屋《てんまや》の高吉《こうきち》と申すものの死体が見つかった。これもまた二人同様に肩口を斬られて死んでおりました」

「三人ともおなじ手口、同じ下手人と考えられますか」

「そう推測しております」

「長崎に関わる三人が次々に殺されて、なぜ長崎人の話題に上がりませぬな」

「そこです」

と光村が腹立しそうに吐き捨てた。

「三件とも共通しておることは奉行所に投げ文があったことです。死体がどこに転っておると知らせてきたのです」

「それが内密にする理由とも思えぬ」

「萩藩家臣、阿蘭陀通詞、異国交易を学ぶ商人と身分は異なりますが、三人は知り合いでございました。山迫家に定期的に集まり、異国事情やわが国の行く末などを論ずることしばしば、山迫杉内は開国論者として知られた者でしてな、二十人ほどの集まりは、新世紀の会と称しておりましてな、むろん存在と活動は奉行所も承知しておりました。だが、この長崎ではきりしたん信仰以外はどのようなことを研究し、議論しようと自由でございましてな。座光寺先生が伝習所剣術教授方という身分でありながら、唐人街の屋台店に自由に出入りなさるのを黙認しているのと同じ伝です」

藤之助は苦笑いした。

「ただ今も新世紀の会は存続しておるので」

「中心となるべき山迫杉内が非業の死を遂げたときから集まりはなくなりました。危険を悟った会員の何人かは長崎を離れました。だが、十数人が長崎にいることは確かです」

「奉行所はそれらの人々に注意を発せられましたか」

「いえ、奉行所の方針はただ見守れという命でございましてな」

「四番目の犠牲が出るやもしれませんぞ」

「それを懸念しております」

と光村が藤之助の顔を見た。

「まさかこの三人の下手人がそれがしと疑っておられるのではございますまいな」

「柘植どのが殺されたおり、手に短銃を構えていたこともあり、銃を持つ人間に踏み込み、見事に袈裟《けさ》に斬り割る猛者《もさ》は座光寺先生くらいしかおるまいという話が奉行所内の一部から出たことだけは確かです」

「光村どの、それがし、この一連の事件には関わりござらぬ」

と藤之助はきっぱりと否定した。

「それがしは座光寺先生の為人《ひととなり》も考えも承知しているつもりです」

「光村どのがそう答えられてなんとも心強い」

「それがしが座光寺先生にお聞かせ申した次第は、先生にも凶刃が振るわれるのではないかと考えたゆえです」

「それがし、山迫どのの集まりなどに出たこともない。いや、今の今までそのような集まりがあることすら知らなかった」

光村が頷き、湯船から洗い場に上がった。

「座光寺先生は、高島玲奈《たかしまれいな》様とお付き合いがございます。玲奈様の体には半分異人の血が入っているはず。この三人を襲った者が玲奈様を、そして、昵懇《じっこん》のお付き合いの座光寺先生を襲わぬとも限らぬ」

「玲奈どのやそれがしが開国派と申されるか」

「さてどうですか」

と応じた光村が、

「それがし、伝習所候補生の能勢隈之助《のせくまのすけ》が異郷の地に渡った情報に接しております。その背後に座光寺先生があったと推量しております。なにしろ伝習所の暮らししか知らなかった能勢が異国に渡る手筈《てはず》を整えられる筈もございませぬ」

「新世紀の会を知らなかったように、それがしとて長崎事情は未《いま》だよく理解しておりませぬ。またそれがしには未だ定まった考えはござらぬ。徳川の臣としてなにをなすべきかそれを考えておる最中でしてな」

「いえ、座光寺先生ほど短期間に長崎の暮らしに溶け込まれた人物をそれがし知りませぬ。三人を暗殺した人物が能勢限之助の異国行きを手伝うたにちがいない座光寺先生を襲うても不思議はない」

「能勢限之助の動静など一向に存じませぬ」

と答えながら、伝習所の湯屋の脱衣場の衣服に能勢限之助からの文があることを思い出した。

藤之助も湯船から上がり、光村と肩を並べてある考えに取り付かれた。

「それがしを襲うた者が山迫どのらを倒した暗殺者ということがあろうか」

「最前から座光寺先生が斃された武芸者が三人を暗殺した下手人かもしれぬと、そのことを考えておりました。それがしが危惧《きぐ》したことを奴はすでに実行し、反対に斃された。夷狄やばてれんを友に致す心得違いを正す、という言葉が山迫らの新世紀の会の三人を暗殺した理由と重なるような気が致しました」

「ふーむ」

と藤之助が唸《うな》り、しばし沈黙が二人の間を支配した。

「大目付宗門御改大久保純友様《おおめつけしゅうもんおあらためおおくぼすみとも》の来崎には、なんぞ隠された理由があるとの噂も聞きましたがな」

「そのことです」

と光村も即座に応じた。

「われら、今一つ大久保様の長逗留《ながとうりゅう》の意味を測りかねております」

と光村は首を捻った。

「光村どの、当たっているかどうかは知らぬ。唐人荷物蔵の岸に漂っていた武芸者の身許を知りたくば朱引地《しゅびきち》の大音寺《だいおんじ》を調べてみられよ」

「ほう」

と光村の目が光った。

「なんぞございますか」

「なんでも元水戸藩士夏越六朗太《なつごしろくろうた》なる人物が率いる三十数名の浪士団が潜んでおるとか」

「三十数人もの不逞《ふてい》浪人が逗留しておりますとな」

光村作太郎には驚愕《きょうがく》の表情が走った。

「だが、一月も前から滞在しているとは聞いておりませぬ」

そう答えながら藤之助は改めて黄大人の情報の収集の早さに驚きを禁じえなかった。

長崎目付が承知してないことを黄武尊《ぶそん》は摑《つか》んでいた。

「なんの根拠もないが、それがしを襲うた者もこの浪士団の一人かと推測しており申した。この者が山迫杉内どのら三人の暗殺者であるかどうか、となればそれがしが斃した武芸者一月以上も前から長崎に滞在しておらねばならぬ。大音寺の浪士団はつい最近と聞きましたでな」

「いろいろと情報が錯綜《さくそう》しておりますな」

光村は顔を両手でごしごしと擦《こす》り、

「座光寺先生に会うてよかった」

と洩《も》らした。

その昼下がり、藤之助の姿は、

「不老仙菓長崎根本製　福砂屋《ふくさや》」

の店頭にあった。

藤之助は尾行の気配を背に感じながら、

「許せ、ちと頼みがある」

と声をかけると店頭に姿を没した。

秋の陽射しの中、歩いてきた藤之助の視界は一瞬奪われた。だが、すぐに番頭の早《そう》右衛門《えもん》が帳場格子に座ってこちらを見詰める姿が見えてきた。

「五三焼きのカステイラをお召し上がりに参られましたか」

「いかにもさよう」

と応じた藤之助は何事か早右衛門に耳打ちし、願った。

「おや、まあ、伝習所の先生にも密偵が張り付いておりますか」

と苦笑いした番頭が、

「ささっ、座光寺様、奥へお通り下さいな」

と大きな声を張り上げた。

それから半刻余り後、長崎奉行所付密偵の佐城《さじょう》の利吉《りきち》が、のっそりと福砂屋に姿を見せて、早右衛門が、

「いらっしゃい」

と声を掛けた。

「番頭、こちらに伝習所剣術教授方の座光寺藤之助様がお見えになっておろうな」

「座光寺先生ですか、へいへい」

「まだ奥かえ」

と鋭い眼光の目を向けた。

「いえ、座光寺先生、腹下しに襲われなすったとか、厠《かわや》を借りに参られたのです。ですが、だいぶ前にお戻りになられましたよ」

「なにっ、表から出ていく様子はなかったぞ」

「ああ、これから参られるところは裏口が近いとか、裏の出口から出ていかれました」

「虚言を弄《ろう》すとためにならねえぜ、番頭」

「おや、嘘と坊主の髪はこの早右衛門、未だゆうたことはございませんよ」

利吉が憤怒《ふんぬ》に顔を赤くしてなにか怒鳴りかけたが、

「なんぞご不審なれば家探しなされますか。その場合は長崎会所《かいしょ》を通して下されよ」

早右衛門の返答に罵《ののし》り声を吐いた利吉が表に飛び出していった。

二

藤之助は、その時分にすでに梅《うめ》ヶ崎《さき》の蔵屋敷にいて、高島家用人稲葉佐五平《いなばさごへい》と対面していた。

高島家本宅を訪ねてはどこでだれの目が光っているやも知れぬ。

蔵屋敷の船がかりに行けば玲奈の小帆艇《しょうはんてい》レイナ号が係留されていた。愛艇があるかないか、玲奈の動向の推測がつこうと思ってのことだ。するとレイナ号は高島家の蔵屋敷内の船がかりにその姿はなかった。

藤之助は樫山《かしやま》地区の隠れきりしたんの捕縛に関わり、外海の出津《しつ》の薫子《かおるこ》らの安否を確かめようと玲奈が出かけたと思った。

長崎奉行所内には長崎会所の密偵も無数に入り込んでいた。

三番崩れに絡み、だれが自白したか転んだか、時を経ずして情報は会所へと伝わった。高島家は長崎会所を指導する町年寄の一人だ。当然情報は一瞬にして玲奈へ流れたはずだ。

玲奈がそれを知れば危険を冒してもその夜の内に、出津の里にそのことを知らせに走るだろう。

同じことを考えたか、蔵屋敷に稲葉用人の心配そうな姿があった。

「稲葉様、その節は世話になり申した」

藤之助は能勢隈之助の出国に際して知恵を借りた稲葉用人に礼を告げた。

「澳門《マカオ》に到着なされたそうですな」

「文を貰《もら》いました。それもこれも出島を通して東インド会社への紹介状があればこその話です」

「もはや澳門を出立《しゅったつ》しておられましょうな」

稲葉用人は遠くを見詰める眼差しを蔵屋敷の上の空に預けた。

「用人どの、玲奈様は船でお出かけか」

「それを案じて私も蔵屋敷に来てみたのです」

「江戸から宗門御改大久保純友様が見えておられる」

稲葉佐五平が藤之助を不安の顔で見た。

「私は座光寺様と一緒ではなかろうかと、それに一縷《いちる》の望みを託しておったのですが」

「玲奈様、一人ですか」

「そのようです」

稲葉佐五平用人と藤之助は互いの目の中に胸の内を探り合った。

稲葉用人は藤之助が、

(どこまで玲奈のことを承知か)

と思い煩《わずら》い、藤之助は、

(高島家の秘密を話してよいものか)

と迷った。だが、一歩踏み込まねばどうにもならなかった。

「用人どの、三番崩れは浦上から外海に波及しておる」

「座光寺様は外海のことをご存じで」

「薫子様のことなれば承知だ。何度かお目にかかり、先日は出津の屋敷にも招かれた」

稲葉佐五平の両眼が見開かれ、

「驚いたような、当然のことと得心がいくような」

「玲奈様のことだ。尋常には参りますまい」

「いかにもさようです」

「いつ出かけられたな」

「昨晩船を出されたということでございます」

「玲奈様のことだ、大丈夫とは思うが」

「出津に着きさえすれば薫子様方はすべてを心得ておられます」

藤之助も頷いた。

「念のためだ。出津を確かめたいが、船は用意できませぬか」

稲葉用人が頷くとすぐに行動を起こした。

藤之助を乗せた高島家の船が梅ヶ崎の船がかりを出て長崎湾の外に向かったのはその直後のことだ。稲葉用人はいつまでも船を見送って水門の一角に立っていた。

船は長崎湾沖にしばしば姿を見せるようになった外国船を見張るために使われる三《さん》挺艪《ちょうろ》の早船で風具合では帆も使えた。いわば外国船の良さを取り入れた和船だった。

神崎を回り、鼠島《ねずみじま》が前方に見えたとき、藤之助を乗せた船は帆走に移っていた。

夕暮れが近付いていた。

「座光寺様、奉行所の船が戻って参りますぞ」

と遠眼鏡を見ていた船頭が叫んで教えた。

藤之助が小手を翳《かざ》すと数隻の御用船が長崎を目指して進んでくるのが見えた。

こちらの船との間には海上半里の距離があった。

小さな船影だ、樫山の隠れきりしたんが捕縛されたのかどうか判然としなかった。

距離を置いて高島家の船と奉行所の御用船群は離合し、御用船は遠ざかっていった。

高島家の船は外海を目指して北進した。

藤之助は陽が西に傾き、海が黄金色に染まるのを見ていた。外海にしては穏やかな波だった。

「樫山の浜が前方に見えます」

と船頭が教えた。

船は陸から一里半のところをばたばたと帆の音を立てながら進んでいた。一枚帆には高島家の所蔵船を示す○の中に高の字が図案化されて染め込まれていた。

風の中に軽快に波を切る音がした。

高島家の船の後方からだ。

藤之助が振り向くとレイナ号が細身の船体と三角帆を斜めに傾かせて追走してきた。

「船頭どの、玲奈様の小帆艇が追いかけてくるぞ」

船頭が藤之助の声に振り向き、遠眼鏡で確かめていたが、

「神出鬼没は玲奈嬢様の得意にございますが、まさか後ろからわれらが追跡されようとは考えもしませんでしたよ」

と苦笑いして船の反転を二人の水夫《かこ》に命じた。

高島家の船がゆっくりと回頭する間にレイナ号の帆が軽やかに風に鳴る音が接近して船足を緩めた。

「藤之助、心配をかけたわね」

玲奈の声が海上に響き、顔もはっきりと見えてきた。

「その様子なれば、出津は無事であったようだな」

「里を離れて避難したわ。なんとか樫山で食い止められそうよ」

「なによりかな」

御用船に帆を下したレイナ号が接舷した。左舷と左舷を合わせた格好で二隻は舳先《へさき》を反対方向に向き合っていた。

玲奈が小帆艇から身を乗り出して、もはや慣習になった口付けの挨拶《あいさつ》を送ってきた。藤之助が応え、

「母上は無事じゃな」

と念を押した。すると玲奈が頷き、もう一度軽く藤之助の唇を奪うと、

「藤之助、明日の朝稽古は休みに出来ない」

と訊いた。

「なんぞ急用かな」

「明早朝、グーダム号が戻ってくるわ」

「忘れておった。長州萩藩の二人と儀右衛門《ぎえもん》どのを迎えに出る約束の日は明日であっ

たな」

「これから長崎に戻るとまた数刻後には出てくることになる」

玲奈はこのまま海上で東インド会社所属阿蘭陀国の小型砲艦グーダムを待ち受け、四谷太郎吉《よつやたろきち》、岡田平八郎《おかだへいはちろう》、時計師の御幡《おはた》儀右衛門の三人の身柄を受け取ろうといっていた。

「玲奈、この船はどうなる」

と藤之助が乗ってきた船の始末を玲奈に訊いた。

「藤之助次第だけど、長崎に戻すわ」

「ならば一通それがしの文を伝習所まで届けてもらえぬか。さすればそれがしもこの海に残れよう」

「いいわ」

藤之助は玲奈が操船する小帆艇に乗り移り、玲奈が差し出した南蛮の筆ペンと紙を受け取り、勝麟太郎宛てに早朝稽古の教授方代役を願った。

若い座光寺藤之助を助けるために師範格が数名選抜されていたし、勝麟太郎はその一人だった。

「よし、これを伝習所の勝先生直々《じきじき》に渡してくれぬか」

と藤之助が封をした手紙を差し出すと、

「確かに勝麟先生にじかに渡しますぞ、ご安心下せえ」

と高島家の船頭が請合い、文を懐《ふところ》に入れるとレイナ号から船縁《ふなべり》を離した。

外海の波間に漂いながら、玲奈と藤之助は高島家の所蔵船の船影が小さくなるまで見送っていた。

「われらはどちらで朝を待つな」

「外海の入り江に入れるわ」

玲奈が再び拡帆し、風を孕《はら》ませた。

小帆艇は玲奈の意を飲み込んだように軽快に北進を始めた。すでに西の大海原に日輪がかかって没しようとしていた。

藤之助はいつもの席に腰を下ろした。玲奈と肩を並べ、二人の間には舵棒《かじぼう》があった。

「長崎から夜の海を走ったようだな」

「うちに浦上の何人かが転んだ話が伝わったのは、昨夜になってからよ。母上ならばどのようなことがあろうと案ずることはないとは思ってみたけれど、やはり父親ね。爺《じい》様の顔に不安が漂っているのを見て、月明かりを頼りにレイナ号を出したの」

爺様とは無論、高島了悦のことだ。

「無茶をしおって」

「あら、藤之助も心配したの」

「それがしは薫子様の身よりそなたのことが気になってな」

玲奈が舵棒越しに上体を傾けて藤之助の胸に縋《すが》った。二人はレイナ号がふらふらと蛇行するのを構わず抱き合っていた。

玲奈は徹夜して出津の隠れきりしたんの安全を確保したのだろう。いつもの芳《かぐわ》しい香水の匂いに混じって汗の匂いがした。

「そなたも徹夜したか」

「あら、藤之助も」

玲奈が上体を離すと聞いた。

藤之助は昨夕以来起こった出来事を手早く告げた。

「なんと長崎もいろいろなことが起こっているようね」

「まず気にかかるのは長州藩毛利《もうり》家の二人だな。長崎から無事に萩へ戻らねばなるまい」

「藩の反対勢力に加え、大音寺の浪士団に気付かれると襲われることも考えられるわね」

「なにしろ二人は阿蘭陀砲艦グーダムで実践航海を体験したのだからな。浪士団にとって見逃せぬ敵ということに相なろうか」

「藤之助が朝稽古を休んでまで玲奈の傍に残ったのには理由があったのね」

「この長崎には新しい激風が外からも内からも吹き寄せておるでな」

頷いた玲奈が愛艇に鞭《むち》をくれるように拡帆して風を孕ませた。

壮大な夕焼けが角力灘《すもうなだ》を覆《おお》い、空も海も茜《あかね》色に染めた。

「藤之助、足元の籠《かご》に食べ物と飲み物が入っているわ」

「頂戴しよう」

藤之助は異国製の蓋《ふた》付き籠を開けると赤葡萄酒《ぶどうしゅ》と日本酒の徳利《とつくり》、それにお重が詰められ、お重の上には取皿や箸《はし》まで用意されていた。酒器もグラスとお猪口《ちょこ》が入っていた。

いつも玲奈が用意する食べ物や飲み物とは趣が違っていた。どこぞに立ち寄った場所で用意されたものであることを示しているように思えた。だが、玲奈も告げず、藤之助も聞こうとはしなかった。

「赤《チンタ》は半分も残ってないと思うけど」

藤之助は赤葡萄酒をグラスに注いで、玲奈に差し出した。

「ありがとう」

玲奈がグラスを受け取り、藤之助が舵棒に手を添えた。

グラスの赤が茜空を映して神秘的な色へと変じた。その酒精を玲奈が口に含み、顔を藤之助に差し出した。

藤之助は玲奈の口の赤葡萄酒をむさぼり飲んだ。

ふーうっ
吐息を一つした藤之助は玲奈のグラスの赤を含み、今度は玲奈へ口移しにした。

玲奈も飲み干した。

「美味《うま》いな、これ以上の美酒はあるまい」

玲奈が片手を藤之助の腰に巻き、引き寄せた。二人の間に舵棒があって邪魔をしたが、二人にはもはやなんの障害でもなかった。

「どこへ参る」

「藤之助が知らない入り江よ」

小帆艇のレイナ号は濁り始めた空が闇に落ちるのと競争するように帆走を続けた。

そして、レイナ号の行く手に切り立った断崖が立ち塞《ふさ》がって迫ってきた。

玲奈は舵棒に全力を集中して断崖の割れ目に愛艇を入れた。

外海の波が断崖にぶつかり砕け散った。

玲奈は巧みな操船で断崖の割れ目の海を進んだ。ふいに小さな入り江がレイナ号の前に姿を見せた。

奥行きは分からなかったが断崖の幅は五、六丁か。

玲奈は縮帆しながら右手の断崖へと愛艇を寄せた。

藤之助は甲板を舳先に走り、舫《もや》い綱を握った。峨々《がが》とした入り江の一角に小さな浜はあった。

玲奈はその浜に愛艇の舳先を乗り上げて停船させた。

藤之助が舫い綱を手に浜に飛んだ。浜の幅はせいぜい二十数間しかあるまい。だが、白い砂が堆積して美しくも静かな浜を形作っていた。

藤之助は舫い綱を岩場に結び付けた。

「玲奈を知れば知るほどに謎めいた女に見えてくる」

「嫌いになった」

玲奈が言葉と一緒に藤之助を目掛けて飛んだ。

藤之助が両腕に玲奈の体を受け止めた。

「おおっ、大嫌いじゃ」

「私も藤之助が大嫌いよ」

と言いながら玲奈が藤之助の首に手を巻き付け、唇と唇を重ねた。

夕闇の中、二人は一つに溶け合って互いの唇を貪《むさぼ》り吸った。

玲奈の手が藤之助の背をとんとんと叩《たた》き、藤之助が玲奈の唇に重ねた唇を離した。

「下して」

玲奈が愛艇から洋灯《ランタン》を持ち出すと明かりを入れた。すると白い砂が浮かんで波が静かに寄せてくる気配まで見えた。

物音は潮騒だけだ。

「静かじゃな」

「こちらにいらっしゃい」

玲奈が藤之助の手を引いて誘ったのは砂浜の端だ。そこには一丈ほどの高さの岩場が立ち塞がっていたが、玲奈は洋灯を藤之助に渡すと岩場を攀《よ》じ登った。藤之助も続いた。

岩場の頂きは平たく広がり、玲奈は切り立った断崖へと藤之助を案内した。すると水音が響いてきた。

た。

「滝か」

断崖から白く糸を引いて水が落ちていた。滝壺は二十畳もあろうか、白く濁ってい

「まさか」

「そうただの滝ではないの。温泉よ」

そう言いながら玲奈は大胆にも衣服を脱ぎ捨て、下着姿になった。玲奈の足首には小型の連発式短銃が革帯で固定されていたが、革鞘《ホルダー》ごと外すと下着も脱ぎ去った。

藤之助は玲奈の行動を呆然《ぼうぜん》と見ていた。

「どうしたの」

「どうしたとはなんだ」

「温泉に入らないの。汗臭い相手はだれも嫌いよ」

藤之助は洋灯を岩の縁に置いた。

腰の藤源次助真《とうげんじすけざね》と脇差《わきざし》を抜き、岩場に立てた。さらに懐の小鉈《こなた》を出して大小の傍《かたわ》らに置いた。

白い裸体が岩を下り、滝の湯壺に静かに入っていった。

藤之助はその様子を見ながら、最後に脇の下に吊るしたスミス・アンド・ウエッソ

ン社製の三十二口径輪胴式五連発短銃の革鞘を外して手にすると湯壺の縁へと下りた。

「いらっしゃい」

藤之助は湯壺からすぐに手に取れる岩にリボルバーを置くと玲奈が体を沈める傍らへと飛んだ。

湯の飛沫《しぶき》が上がり、白濁した湯に藤之助の体が沈み、玲奈が浮かんできた藤之助を抱き寄せた。

二つの裸体は激しくも一つに合わさった。

三

夜明け前、三角の補助帆だけを上げた小帆艇レイナ号は外海沖に浮かんで五島《ごとう》列島の方角を眺《なが》めていた。

陰暦九月も下旬に近い。

海上には冬を予感させる寒さがあった。だが、毛布に包《くる》まって抱き合う藤之助と玲奈は寒気など感じもしなかった。

二人は一夜を入り江の浜に舫ったレイナ号で過ごし、夜明け前に再び舫い綱を解いて外海沖へと出てきたところだ。

「玲奈、樫山《かしやま》はどうなった」

藤之助は浦上崩れのとばっちりを蒙《こうむ》った樫山の隠れきりしたん捕縛について聞いた。

「樫山の茂十《しげじゅう》の家に奉行所の手が入り、浦上の年寄りから預かったメダイを出せと厳しい家捜しが行われたけど、今のところ浦上から預かったものは花瓶にございますと白を切り続けているわ」

「茂十は長崎に連れて行かれたのじゃな」

玲奈が頷いた。

「厳しい調べが待ち受けているわ。茂十が真の信仰を持つ者ならば頑張り通すでしょ」

藤之助の脳裏に舜民《しゅんみん》父子への責めがよぎった。

「外海の出津《しつ》には波及しなかったのじゃな」

「樫山までは長崎奉行所支配地、外海は佐賀藩領よ。出津の里に手が入らなかった理由よ」

と改めて複雑な行政支配に触れた玲奈が、

「藤之助、紅茶を飲む」

と聞いた。

「小船の中で紅茶が淹《い》れられるか」

玲奈が毛布から抜け出ようとした。藤之助の両腕が玲奈の動きを止めて腰を抱いた。

「邪魔する気」

玲奈の顔が藤之助の顔に寄せられ、唇を重ねた。昨夜来幾度繰り返したか、再び互いの体を重ね合わせたが、藤之助の誘惑を断ち切った玲奈が、

「紅茶を淹れるわ」

と言うと起き上がった。

その瞬間、外海の山の頂に朝の光が走った。

夜明けだ。

玲奈の白い顔の肌が赤く染まった。

「美形とはそなたのことか」

玲奈が未だ船底に寝転ぶ藤之助を見下ろしながら、

「伊那の山猿め、いつそのような世辞を覚えたな」

と侍言葉で問うた。

「世辞ではない、本心じゃ。長崎にきて真に美しいものがなにか、たれぞに教えられた」

「たれぞとはどなたかな、座光寺藤之助どの」

「さあてのう」

玲奈の唇が再び藤之助の唇に掠《かす》めとるように触れると、

「愛の刻限は終わったわ、藤之助」

と言葉を改めた。

「よかろう」

藤之助もレイナ号の狭い船底から起き上がった。

毛布を畳《たた》み、レイナ号の船尾を片付けた。

西洋式の小帆艇の舳先から三分の二は甲板で覆《おお》われていた。操舵する船尾の部分は剝《む》き出しだ。

玲奈は甲板の張られた船室に潜り込むとアルコールランプを持ち出してきて、船底に固定させた。

「南蛮の船はよう造られておる」

「異国ではレイナ号と同じ小さな帆艇で海上何百里も独りで航海する人がいるそうよ。そのために船で暮らしが出来るように様々な工夫がなされているの、甲板下の船室は船が転覆しても水が入らないような防水が施されているし、このように簡単な煮炊きやお湯を沸《わ》かすこともできるわ」

アルコールランプに火が点《つ》けられ、水を入れたポットが掛けられた。

「藤之助、舵を頼むわ」

「心得た」

玲奈は揺れる船上で湯を沸かし、紅茶を上手に淹れた。

「食べるものはビスコイしかないわ」

玲奈が差し出したのは煎餅《せんべい》のようなものだった。

「ビスコイと申すものか」

「航海中、海が荒れて火が使えないとき、南蛮人たちは日持ちのいいビスコイや乾燥させた木の実を食べて空腹を満たしながら航海を続けるのよ」

藤之助が口に入れたビスコイは長崎に出島《でじま》が設けられた当時から伝えられたビスケットのことだ。阿蘭陀語のビスコイトと呼ばれていたものが、いつしか最後のトの字が省かれてビスコイと呼ばれるようになっていた。

四角の塩味が按配《あんばい》よく利いた干菓子のようなものだった。だが、干菓子ほど甘味がなく一食ならばこのビスコイで腹が満たされそうな気がした。

「甘くないカステイラを固くしたようなものだな。これなれば飽きもくるまい」

「最初、南蛮人から長崎人は習い覚えたのよ、慶長年間から元和《げんな》の頃には長崎産のビスコイが呂宋《ルソン》に輸出されていたこともあるの」

「なにっ、このビスコイ、長崎で作られておるのか」

「去年だったかな、水戸藩の蘭医柴田《しばた》方庵《ほうあん》様がいたく感心なされて、水戸藩の兵食に推薦したいと作り方を習っていかれたわ」

「兵糧か。干米よりは美味《うま》いぞ」

「紅茶と一緒に食べなさい」

玲奈が紅茶カップを藤之助に持たせた。カップの温もりがかじかむ手を温めた。

「頂戴しよう」

玲奈もいつもの操舵席に腰を落ち着け、紅茶を口にした。

「玲奈、異人は暮らしを楽しむ術を心得ておるな。レイナの船の造りを見ただけでもそれが分かる」

玲奈が頷き、

「すべては大海原を乗り切るための工夫だけど、海を楽しもうという気持ちは異人のほうが私たちより強いかもしれないわね」

二人は海に揺られながらしばし天竺《てんじく》産の紅茶を楽しんだ。

陽が上がり、海がきらきらと煌《きらめ》いた。だが、沖合には船の影一つない。

舵棒を交代で保持しながら二人は黙したままただ沖合を見ていた。

夜明けから一刻も過ぎたか、地平線に薄い煙が棚引いているのを藤之助は目に止めた。

「玲奈、あれを見よ」

玲奈は藤之助が見る視線の先を見て遠眼鏡を取り上げた。焦点を合わせながら確めていた玲奈が、

「砲艦グーダムだわ」

と長州藩士ら三人が乗船した小型砲艦と認めた。

玲奈が主帆をするすると上げると風を孕んだ。舵棒が沖へと向けられ、レイナ号が猛然と西に向かい帆走を開始した。

走りが落ち着いたとき、藤之助が疑問に思っていたことを聞いた。

「あの砲艦は東インド会社所属とは申せ、阿蘭陀国籍じゃな。長崎の湊《みなと》には入れぬのか」

「阿蘭陀の交易船入湊は年間一隻までとする。これが正徳《しょうとく》新令の馬鹿げた取り決めよ。その取り決めも諸外国が開国を迫る中、有名無実なものになってしまったわ。英吉利も亜米利加も仏蘭西もおろしゃも、徳川幕府とこれまで取り決めがないことをいいことに、このときとばかりいろいろな注文を付けてくる。一方、徳川幕府との窓口として取り決めを遵守《じゅんしゅ》してきた阿蘭陀は哀れといえば哀れ、列強諸国のように砲艦で脅しながら、開国やら通商を迫れないでしょ、列強諸国の砲艦外交の動きから大きく立ち遅れていたの。グーダムは、阿蘭陀の現状を打破するために本国が送ってきた船よ。いわば影の交渉船ね」

「長崎奉行所と話がなされたのか」

玲奈が首を横に振り、苦笑いした。

「列強諸国への対応に追われて、これまで長いこと親善関係を保持してきた阿蘭陀の申し出を無下に断ったの。お奉行がなんと考えられようとこの長崎と江戸ではあまりにも見識に違いがあり過ぎるわ」

「となるとグーダムに接触したのは長崎会所だけかな」

「まあ、そんなとこね」

二人が話し合っている間に東インド会社所属阿蘭陀国小型砲艦グーダムの船影が大きくなり、レイナ号に三、四里まで接近した。

グーダムもレイナ号を認めたか、砲艦上に人の動きが慌《あわただ》しくなった。

藤之助は甲板に砲撃の準備がなされているのを認めた。もちろん砲口は陸側ではなく海に向けられていた。

二人が見ている中、八〇ポンド砲の筒先から白い煙が上がり、直後、どどーん！

という砲声が海上に轟《とどろ》いた。そして、円弧を描いて飛ぶ砲弾が二里ほど先の海面に落下して大きな水飛沫《みずしぶき》を上げた。

レイナ号との再会を祝した砲声か。

「ほう、やりおるな」

砲撃訓練に長州藩の二人が立ち会っているのも見分けられるようになった。

砲撃は数発立て続けに鳴り響き、終わった。

その直後、レイナ号がグーダムの舷側に横付けされ、グーダムから縄梯子《なわばしご》が下された。

「藤之助、レイナを頼むわ」

と願った玲奈が縄梯子をするすると上がっていった。すると入れ替わりに四谷太郎吉と岡田平八郎が下りてきた。

「ご苦労にございましたな」

藤之助が二人を労《ねぎら》った。

「座光寺どの、われら、無知じゃった。なにも知らずして逆上《のぼ》せておった。異国恐ろしにござる」

「阿蘭陀国の砲艦ですらあのような武器を積んでおる。先年、浦賀に来航した亜米利加のペリー提督の黒船艦隊はさらに巨大にして軍備も最新と申す。彼我の差が有り過ぎる。われら、この二百数十年、惰眠《だみん》を貪《むさぼ》っていたということであろうか」

二人が口々に言った。

最前の砲撃の興奮を五体に残して、どうしてよいやら混乱の様子だ。

「お二方のお気持ち、よう分かります。それがし、初めて長崎に到着して見聞したことのすべてが衝撃にござった」

「やはり」

と四谷が甲板に胡坐《あぐら》を掻《か》くようにへたり込んだ。

「長州で建艦なされている蒸気船に役立つ知識を学ぶことが出来ましたか」

「それが」

と岡田平八郎が悄然《しょうぜん》と肩を落した。

「最前も申したが彼我の技術にはあまりにも大きな落差がござってな、たった二日ばかりの見学ではどうにもならぬ、ただ混乱をきたしただけです。われら、藩に戻り、どう復命してよいか、頭を抱えておるところにござる」

「いかにもさようでござろうな。ご両者の悩みが手にとるようにそれがしにも分かり申す」

「御幡儀右衛門どのがいなければ、われら、手も足も出なかったことは確かにござる」

「御幡どのは時計師とはいえ、異国の最新式の銃を真似《まね》て複製を造られるほどの腕前、知識も経験もござるゆえな」

儀右衛門らが試作した三挺鉄砲の威力と欠点を、身を以《もっ》て知るのが藤之助と玲奈だった。

「長崎にてしばらく滞在し、儀右衛門どのの下で修業なさるのも一つの道かな」

「われらもそう願っておりますが、まずは藩と連絡を取り、許しを得るのが先決、宮仕えの辛いところにござる」

「四谷どの、それは幕臣のそれがしとて同じ気持ち」

「儀右衛門どのに聞いたが、座光寺様ほど自由に長崎暮らしを謳歌《おうか》なすっておられる幕臣もおらぬとか」

「いえいえ、これであちらに気を遣《つか》い、こちらに心配りして生きておる人間にござる」

「だれがそのような気配りを持つというの、まさか藤之助のことではないわね」

頭上から玲奈の言葉が降ってきて舷側をひらりと越えた玲奈が、
ぱっぱっ
と巻衣の裾を翻《ひるがえ》してレイナ号に飛び乗ってきた。

四谷と岡田は余りにも大胆な玲奈の行動に目を慌《あわ》てて逸《そ》らした。続いて時計師の御幡儀右衛門が下りてきて、藤之助は小帆艇をグーダムの砲艦舷側から離し、帆の角度を調整した。

レイナ号がするすると小型砲艦の船縁《ふなべり》を離れた。

「藤之助、いつしかレイナを飼い慣らしたわね」

「主どのほど難しくはないでな」

「あら、私よりレイナの扱いが簡単というの。まさか最前の言葉、自分のことを言ったんじゃないでしょうね」

「正直な胸の内をお二方に披露したのがいかぬか」

「藤之助ほど勝手気儘《きまま》に生きている人間は長崎にいないわ」

「玲奈ほど酷《ひど》くはないぞ」

二人の掛け合いに儀右衛門が口を差し挟《はさ》んだ。

「ただ今の長崎で高島玲奈嬢様と伝習所剣道場教授方座光寺藤之助様の組み合わせほど最強の二人は見当たりませぬ。グーダムに乗船しておられたバッテン卿すらこのお二人には一目を置いておられますからな」

と笑った。

グーダムとレイナ号の間に半丁ほどの水が開き、しばし大きさの異なる船は併走した。

玲奈が異国の言葉で何事かグーダムの艦上に投げた。すると艦上からも何人かの士官らが応答し、唇に手を当ててその手を玲奈に差し伸べた。

「あれは投げ接吻なる仕草です」

儀右衛門が長州藩の二人に説明した。

グーダム上で長く尾を引くような笛が鳴らされた。

別れの合図だった。

グーダムに乗り込んだ三人も答礼をするように手を振り合い、グーダムが再び沖合を目指して姿が小さくなった。

「長崎を目指せばよいのかな」

藤之助が玲奈に聞いた。

「出立《しゅったつ》の折のことを考えると日中長崎に入るのはどうかと思うけど」

と思案した玲奈が、

「まずは伊王島《いおうじま》の西側に向けて」

と指示した。

「よかろう」

レイナ号の舳先を南に向けた。

外海沖にはレイナ号の他には一隻の船影も見えなかった。

甲板上で四谷と岡田が額を寄せ合い、何事か話し合っていたが、船尾に並んで舵棒を握る藤之助と玲奈に姿勢を正して顔を向けた。

「座光寺藤之助どの、高島玲奈様、われら、長州藩士の四谷太郎吉、岡田平八郎と名乗りましたが、本名はさにあらず。それがしは大林理介《おおばやしりすけ》、朋輩《ほうばい》は山根《やまね》荒三郎《あらざぶろう》にござる。偽名を名乗り申し訳ございませぬ」

と二人が頭を下げた。

藤之助はちらりと玲奈を見て、二人に視線を戻すと、

「このような時代である、斟酌《しんしゃく》あるな」

「いえ、われらの言を信じて異国船を体験させるための労を願いながら、虚言を押し通すことはできませぬ」

「そなたら、長州藩士に相違なきなればそれはそれでよい。それぞれ藩の事情もござろうし、このような激動の時代にござる。些細《ささい》なことは放念あれ」

四谷こと大林理介が頷《うなず》くと、

「われら、長州藩士にあることは間違いござらぬ。同時に吉田松陰《よしだしょういん》先生の松下村塾《しょうかそんじゅく》の門下生にござった」

ああ、と声を出したのは儀右衛門だ。玲奈は関心がないのか無言のままで、藤之助は吉田松陰なる人物を知らなかった。

そのことを察した儀右衛門が、

「長州藩士吉田松陰どのは嘉永三年に長崎に参られたこともございます。先に浦賀に

来航したペリー提督の砲艦に潜り込み、異国へ密航しようとして失敗、獄舎に繫《つな》がれておられましたが、自藩幽閉の措置を受け、萩の野山獄《のやまごく》に移されたと聞いております。この方の叔父玉木文之進《たまきぶんのしん》様が天保十三年に松下村塾を興され、幽閉の身の吉田松陰様が後を継いだという風聞が長崎にも伝わっております」

二人の長州藩士が頷いた。

「松下村塾は異国のことを学ぶ塾にございますか」

藤之助の問いに岡田を名乗っていた山根荒三郎が、

「何を学ぶかは塾生次第にございまして、各人が自由に学びたいことを学ぶ場にございます。吉田松陰先生が玉木師より受け継がれた塾の精神は、時代を変える人材を育てることにございます。この吉田門下には雑多な人々が集っておりました。此度、われらが藩より命を受けて長崎入りしたことを夷人にへつらう行動ととらえ、わが国古来の刀剣にて国土を死守すると考えられる方々もございましてな、藩が西洋型の砲艦や砲術を製造し習得することを忌《い》み嫌う方々もおられます」

「長州の攘夷派と考えてよいか」

「はい。吉田松陰先生のお気持ちは、もそっと大らかなものとわれら考えております」

「さし当って松陰どののお考え、時代を変えるとは幕藩体制を倒すということかな」

と藤之助が問うたとき、玲奈が黙って海の一角を指した。

四

帆が見えた。それも二つ、和船だがなかなかの船足だ。どうやら海を塒《ねぐら》にしている者たちの実戦を想定した船に見えた。和船を基本にして南蛮船や唐人船からの技を取り入れた船長十数間船幅二間、舳先が鋭利に尖《とが》っていた。

「われらを待ち構えておる船か」

「漁師船でもないし、この界隈に荷揚げ船がいるのもおかしい。人が大勢潜んでいる感じがするわ」

と遠眼鏡で確かめていた玲奈が呟く。

「確かめてみよう」

藤之助はレイナ号の舵棒を左舷側へと回し、舳先を陸側へ向けた。

帆がばたばたとなり、波を横手から受けていた小帆艇が船尾からの風に変わり、船足が増した。すると一里先に接近した二隻の早船もまたレイナ号が転進した陸側へと方向を変えた。

「玲奈の勘があたったな」

「さてさて長崎を引っ掻き回す風雲児の座光寺藤之助に用事の者か。あるいは長州藩の大林理介どのと山根荒三郎どのを待ち受ける刺客か、どちらなの」

甲板の二人が身を竦《すく》めた。

「玲奈嬢様、どうみても長崎に関わりのある船ではございませんぞ。交易船を襲う海賊船やも知れませぬ」

と御幡儀右衛門も応じた。

「われらの追っ手なれば、この長崎で海賊船二隻を仕立てる才覚などございません」

と山根が答えた。

「ご心配あるな、長崎の暴れ娘の高島玲奈様を攫《さら》おうとする一団かもしれませんでな」

「私を攫おうだなんて許せないわ」

玲奈が苦笑いすると、儀右衛門に舵棒を握るよう命じた。

玲奈が甲板下の隠し戸棚から革の長鞄を取り出した。革鞄には高島家で改良されたゲーベル狙撃銃とランカスター二連散弾銃と銃弾が入っていた。

散弾銃が藤之助に渡された。

馴染みの銃だ。その破壊力も長距離射撃に不向きな欠点も承知していた。

銃身と銃床の間を二つ折れにすると二発熊撃ち用の大弾を藤之助は装塡《そうてん》した。

玲奈はゲーベル改良狙撃銃に手際よく装弾した。

大林と山根が言葉もなく二人の行動を見ていた。

「ご両者、われらと場所を替えて下され」

仕度を終えた藤之助は二人を船尾に移し、玲奈と藤之助は甲板上に伏射姿勢で寝そべった。

レイナ号の舳先が波を切り、波飛沫が二人の体にかかった。

陸地に向かうレイナ号は相手の早船二隻の動きを見て走っていた。

藤之助は二隻の船の位置を確かめた。

相手の二隻も未だ最大に船足を上げていないように思えた。艪《ろ》が帆に加えられていなかったからだ。そして、両船には四、五丁の距離があった。

「玲奈様、座光寺様、船の舷側には銃弾防ぎの盾が建て回されて、射撃手が何人も隠れておる様子ですぞ」

操舵しながら遠眼鏡で確めていた儀右衛門が報告した。

「藤之助、どうみても長崎に入る密輸船の上前を撥《は》ねる海賊船よ」

と改めて宣言した。

「この船には金目のものなどないぞ」

「だれかに金で雇われたのよ」

両船の間合いは急速に接近していた。

藤之助は陸地を見た。こちらも外海の切り立った断崖が迫っていた。

儀右衛門が先手を打って舳先を東から南に、断崖に沿うように転進させた。その鼻先に二隻の早船が突っ込んできた。

両船の間合いが一気に縮まった。

一丁を切り、銃弾防ぎの盾と盾の間から銃身が何挺も突き出された。

「ご両者、甲板下に身を潜めておられよ」

藤之助の注意に大林と山根が一旦《いったん》身を潜めたが、すぐに顔だけを覗《のぞ》かせた。長州藩からの追っ手かどうか気にかかるのだ。

波間に銃声が響いた。

二隻の船から発射された銃弾だ。だが、波間を突っ走りながらの射撃、銃弾はレイナ号を一発として捉えることが出来なかった。

玲奈が伏射の構えから狙撃銃の狙いを定めた。

揺れる小帆艇の甲板上だ。波を突っ切る度《たび》に、どんどん

とレイナ号の船体が突き上げられる。

玲奈は上下する甲板の間合いを計りながら、一隻の船の舳先に立つ男に狙いをつけた。

丸坊主の大男は片手に長柄の鳶口《とびぐち》のようなものを、もう一方の手に連発短銃を保持していた。やはりただの船ではなかった、間違いなく玲奈が予測した海賊船だろう。

鳶口はレイナ号に接近したとき、引き寄せる道具だった。

レイナ号が波間に沈み、次の瞬間、船体を斜めに軋《きし》ませながら虚空へと持ち上げられた。

船体が波の上に姿を見せて一瞬停止したとき、玲奈の引き金にかかっていた指が静かに絞り込まれた。

ずーん

くぐもった銃声が響いて長柄の鳶口を保持していた腕を玲奈が放った銃弾が撃ち抜いた。

鳶口が虚空に跳ね飛んで海に落下した。

罵り声が響き、連発短銃が発射されたが狙いも定めず引き金を引かれた弾丸はあらぬ方向に飛び消えた。

レイナ号が次の瞬間、二隻の舳先前を横切って前方に出た。

正面からレイナ号に迫っていた早船が反転すると今度は追走するかたちになった。なかなか巧みな操船ぶりで、かつ利きのいい船だった。

だが、反転したせいで帆が垂れた。風向きが変わり、西洋式の帆艇のようにどのような風を拾っても航行する機能は秘めていないようだった。

すぐに艪が下され、推進力を取り戻した。

「ああっ」

と長州藩の二人から悲鳴が上がった。

「肘掛覚蔵《ひじかけかくぞう》どのが」

「われらが追っ手の一人にござる」

大林と山根の口から驚きとも悲鳴ともつかぬ声が洩《も》れた。

「長州の攘夷派が乗船しておるということは、ご両者の命が狙われておるということか」

二人から返事はなかった。

それにしても長州藩の追っ手は大掛かりな仕度を整えたものよと藤之助は訝《いぶか》しく考えていた。

「座光寺様、武芸者風の男がどちらの船にも数人ずつ乗り込んでおりますぞ」

と遠眼鏡で確かめた儀右衛門が報告した。

「玲奈、さっきも言ったように、大音寺に水戸藩と関わりの夏越六朗太と申す者を長とする浪士団が逗留しておる。長州者と浪士団が手を結んだということはないか」

「仮に手を結んだとして海賊船を雇う才覚は余所者《よそもの》にはないわ。地下人が仲介せねば海には出られないわ」

「いかにもさようかな」

藤之助も長崎町人の緊密な組織、長崎会所か、長崎奉行所、あるいは千人番所の佐賀藩兵が一枚嚙《か》んで初めて出来る芸当だと得心した。

「予測もつかぬか」

「見知った顔がいない以上、推量は無理よ」

儀右衛門が相手の意思を探るようにレイナ号の舳先を右に左に転進させた。追跡してくる相手もすぐに呼応してきた。

「儀右衛門、もっと陸地に呼び込みなさい」

玲奈が命じ、

「合点承知にございますよ、玲奈嬢様」

と儀右衛門が受けて、再びレイナ号の舳先を岩根がちらちらと波間から覗《のぞ》く断崖へと向けた。

二隻が間を開け、一隻はレイナ号の先を読んだように斜めに転じた。

風向きが変わり、早船の一枚帆が膨《ふく》らんだ。そのせいで一気に船足が上がった。艪が上げられた。

儀右衛門は追尾してくるもう一隻を半丁の距離に保ちつつ、外海では危険な断崖下の海へと誘い込んでいった。

岩根に激突すれば小帆艇はむろんのこと、船長十数間の早船でさえ木っ端微塵に砕けるだろう。

方向を転じた一隻が完全にレイナ号の行く手を塞ぐように先回りして転進した。

レイナ号は今や挟み撃ちされた格好だ。

儀右衛門は前後二隻の動きを慎重に読みながらさらに断崖に接近させた。

この界隈の海を知る御幡儀右衛門ならではの芸当だ。

二隻の船も敢然と間合いを詰めてきた。海賊船だけにこちらもこの付近の海岸線を熟知しているのか。

再び銃声が響いた。

今度は二隻の船が呼吸を合わせたように前後から鉄砲を撃ちかけてきた。

ひゅーん
銃弾がレイナ号の船体を掠《かす》めるように飛来して、伏射姿勢の藤之助と玲奈の体の上で交錯した。

大林と山根が慌てて頭を下げた。

藤之助は前方から突っ込んでくる早船の距離が一気に縮まったのを感じながら、揺れる甲板上に上体を起こした。

伏射姿勢では熊撃ち用の大弾が装塡された散弾銃を御しきれないと考えたからだ。

「危ないわ、藤之助」

玲奈が叫んだ。

藤之助は帆柱に背を持たせかけて体を安定させた。

「案ずるな。後ろを頼むぞ、玲奈」

藤之助は玲奈に願うと、

「儀右衛門どの、前方からくる早船を右舷側で離合させてくれぬか」

「承知しましたぞ」

即座に儀右衛門が応じて離合の機会を覗《うかが》った。

だが、相手の早船は委細《いさい》構わず船体の大きさを利して、レイナ号の船首目掛けて圧《の》し掛かるように突進してきた。

大胆にも儀右衛門もまた舵棒を動かすことなく相手の尖《とが》った舳先に自ら突っ込むように直進させた。

間合いが十数間に迫った。

荒くれ男が二人三人と立ち上がり、銃を構えた。その身軽な行動は海に慣れた海賊だということを示していた。

相手の船首がさらに大きくなり、レイナ号を呑み込むように襲いかかってきた。

その瞬間、儀右衛門が舵棒に力を加えた。

ぐいっ

と引き回された舵棒の力が海中の舵に伝わり、小帆艇は敏感にも鋭く反応して、

するり

と左舷側へと方向を転じた。

真っ直ぐに突っ込んできた早船と海上四、五間でレイナ号と早船は離合しようとした。

藤之助は帆柱に身を寄りかけて上体を保持して散弾銃の引き金を引いた。狙いは見え隠れする船腹だ。さらに一発、二発立て続けに発射した。

相手の銃手も発砲した。

近距離での撃ち合いで威力を発揮したのは散弾銃だ。大熊をも一撃で倒すという大弾二発が早船の喫水下の船腹を続けざまに直撃し、六寸ほどの横長の大穴を開けた。

「ああっ！」

悲鳴が上がった。

相手が放った数発の銃弾の一発が傾いた甲板を掠めて角度を変えて海へと着弾していった。

「やったわよ、藤之助！」

玲奈の歓喜の叫びに藤之助が後ろを振り向いた。

早船が急速に船足を落としていた。散弾で開けられた穴から海水がごぼごぼと船底に流れ込んで、船の重さが一気に増して抵抗がかかったのだ。

風を受けた帆はさらに船を進めようとしたが、刻々と重量を増す船体に船足が鈍った。

もう一隻の僚船が停船して仲間の船を助けると思いきや、果敢にレイナ号を追跡してきた。

「さすがに密輸船相手に荷を力ずくで奪おうという連中ね、勇気だけは褒《ほ》めておくわ」

と玲奈が言い放った。

「玲奈、背中が痛いぞ」

「散弾銃を甘くみると報いがくるわ。並みの人間ならば背骨の一本や二本折れていても不思議はないのよ」

藤之助は右手を懐《ふところ》に突っ込んで背を触って調べ、上体を捻《ひね》ったり、曲げたりした。

「その懸念はなさそうじゃ」

と藤之助が答えたとき、レイナ号は断崖下に船体を入れていた。

複雑に入り組んだ断崖下の海岸には無数の岩根が潜んで待ち受けていた。

儀右衛門は巧妙に右に左に岩根を避けて、追走する海賊船の間隔を確かめながら小帆艇を慎重に進めていた。

海賊船は、航海に長《た》けた阿蘭陀人の船大工が造ったレイナ号と比べ、推進力や操舵性能で劣っていた。だが、レイナ号が右に左に方向を転ずるのを見ながら、その航跡をしつこく辿《たど》って追尾してきた。

間合いが段々と詰まってきた。十数間まで差が縮まった。

儀右衛門が巧妙に誘い込んだせいでもあった。

藤之助は舳先を見ていた。

鋭く尖った舳先には鉄板が嵌《は》め込まれて、舳先を相手の船腹に突っ込ませて破壊するような工夫がなされていた。海賊船らしい破壊道具だった。

「高島家のじゃじゃ馬娘はおるか！」

最前玲奈に腕を撃ちぬかれた海坊主が叫んできた。片腕には白布が巻かれて応急の血止めがされたか三角巾で吊《つ》るされていた。もう一方の手は負傷した腕に添えられていた。

「ここにいるわよ」

玲奈がゲーベル改良狙撃銃を両腕に抱えて立ち上がった。

散弾を撃ち尽くした銃は甲板に置くと、藤之助は玲奈の盾になるように傍《かたわ》らに立った。腰に脇差《わきざし》が差し落とされただけの姿だが、右手は懐に突っ込まれていた。

「長州藩の二人を差し出さぬか」

「だれに頼まれたの。いくらでその仕事引き受けたの」

「そんなことはどうでもよかろう」

「角力灘の海賊でいるかぎり長崎会所はあなた方の動きを見逃しもする。此度のように長崎領内の海に入ってくると見逃すわけにはいかないわ」

「威勢がいいな」

海坊主が不意に三角巾の下に添えていた片手を突き出すと、連発短銃がその手に保持されていた。さらに二人ほどが銃の筒先を玲奈らに向けた。

「高島玲奈、女に腕を撃たれて引き下がったとあっちゃあ、五島の伍市《ごいち》の名折れよ。お返し致すぜ」

玲奈の狙撃銃は両腕に抱かれて筒先は空を指していた。

先手を取ったのは五島の伍市だった。

二隻の船は六、七間に迫っていた。

「高島のじゃじゃ馬娘を長州藩の二人と一緒に連れていけば、どこぞのだれかが高値で買い取るかもしれぬな」

と海坊主が嘯《うそぶ》いた。

「できるかしら」

「おれが引き金を引けば決着する。いやさ、うちの鉄の舳先を乗り上げてもいい。異人の造った帆船なんぞ、あっという間もなく沈没するぜ」

とせせら笑った。

「五島の伍市、高島玲奈を甘く見たものね」

海坊主の短銃が儀右衛門に向けられた。だが、それに代わって四挺の鉄砲が藤之助や玲奈に狙いを定めた。

「船を止めねえ、鉄の舳先を突っ込ませようか」

儀右衛門が玲奈の顔を見た。玲奈が、

「致し方ないわ、帆を下しなさい」

と命じた。

儀右衛門が立ち上がり、帆綱に手をかけた。

海賊船の面々の視線が儀右衛門の動きにいった。

藤之助の足の前に舵棒が揺れてあった。

「船を付けよ」

と海坊主が仲間に命じた。

藤之助の足が舵棒を蹴った。するとレイナ号が、

くるり

と反転した。

玲奈の体が甲板に倒れるのが目の端に見えた。

藤之助の懐の手が抜き出されるとスミス・アンド・ウエッソン社製造の輪胴式五連発短銃が引き出され、撃鉄が引き起こされると同時に引き金が引かれた。

藤之助の銃弾は最初に海坊主の肩を直撃して巨漢を後ろに吹っ飛ばした。そのせいで鉄砲を構えていた二人の海賊が煽《あお》りを食らって倒れ込んだ。

藤之助の銃口が残った二人の海賊を狙い、次々に発射された。

一瞬で、三発の銃弾が五人を倒し、玲奈が舵棒に飛び付き、儀右衛門が帆を下そうと手にしていた綱を反対にしっかりと張り直した。

レイナ号が蘇生した。

藤之助が蹴ったせいで沖合を向いていた小帆艇は玲奈と儀右衛門の息の合った操船で船足を取り戻し、海賊船との距離をみるみる開いていった。

「藤之助、舵棒を蹴るなら蹴るでなぜ教えなかったの。お尻を嫌というほど甲板に打ち付けたわよ」

「相すまぬな、丁寧《ていねい》に告げる暇がなかったでな」

藤之助がリボルバーを脇の下の革鞘に戻すといつもの席に飛び降りた。すると玲奈が藤之助の首に片手を巻き、

「詫《わ》びてもらうわよ」

と唇を押し付けてきた。

第四章　出島からの失踪者

一

長崎に新しい動きがあった。

長崎奉行として荒尾《あらお》石見守成允《いわみのかみしげまさ》が長崎入りし、川村対馬守修就《かわむらつしまのかみながたか》は荒尾に引き継ぐと離任することが決まった。さらにこの初夏から交易のために長崎に入津していた阿蘭陀《オランダ》交易船二隻が帰国の仕度《したく》を始め、その数日前から出島《でじま》には普段にも増して丸山《まるやま》の遊女らが出入りして、別離を惜しみ、涙にくれる光景が展開されていた。

江戸期、

「阿蘭陀行き」

と呼ばれた遊女のみが隔絶された出島に出入りできた。

出島には妻帯者といえども女性を入れてはならないという幕府のしきたりがあり、出島の阿蘭陀商館設立初期には長崎まで同船してきた妻子が泣く泣くバタビィアまで送り帰されるという悲劇が起こった。

その後に丸山の遊女の出島行きが許され、異人たちの無聊《ぶりょう》を慰めたのだ。この背景を、

「紅毛人のみを暫時《ざんじ》日本に滞在せしめて、この国に余り親しまざるように、この手段が設けられたことは明白である」

と出島に滞在したある商館員は書き残している。

丸山遊女の出島通いは正保《しょうほう》二年（一六四五）に許されていた。以来、毎年阿蘭陀船が長崎を去る秋には離任する商館員と滞在中に馴染《なじ》んだ遊女の間に別離の哀切が展開されることになる。

そんな出会いと別離が二百年も続いてきたのだ。

初期、貧しさから出島行きを志願した遊女たちも阿蘭陀商館員と肌身を通わせ、異人も血の通った男ということを知り、

「丸山の恋は一万三千里」

という川柳に歌われる愛憎の模様が繰り返されることになる。

この一万三千里とは当然のことながら長崎から阿蘭陀国までの距離だ。

「阿蘭陀本名ホルランド。北極の地を出る事五十七度の国也。海上より一万二千九百里、方角唐日本より西北の方に当れり。此《この》の国の本の名はホルランドという国也。合わせて七州之有り。オランダは其《そ》の一州也」

と『華夷通商考《かいつうしょうこう》』（西川如見《にしかわじょけん》著、元禄八年版）にあるように長崎の人々は遊女までが阿蘭陀の国を正確に把握していたのだ。

「野蛮」と思われていた阿蘭陀人への認識が変化したとき、恋が生まれた。男と女、欲望を満たすためだけに情を交す以上の親愛に発展していく。

出島に通い、阿蘭陀人らと馴染んだ遊女らは家事を託されるようになり、その節約ぶりと用意周到さに商館員たちは絶大の信頼をおくことになる。

言葉と国籍を超えた男女の交わりはある意味では、一年に一度江戸で行われる阿蘭陀商館長江戸参府の儀式以上に情報交換と相互理解を深めることとなった。

遊女たちの口から幕藩体制の仕組みや内実が阿蘭陀人に語られ、反対に阿蘭陀人からは海外の動きが遊女らに伝えられた。

人種と国籍を超えて、その心情や愛情に変わりはないと分かったとき、遊女と商館員の関わりは重要なものとなった。

出島には商館員ばかりではない、中継地の東南アジアから連れてこられた黒坊と呼ばれる小者もいた。

そこで出島通いを許された遊女は阿蘭陀語、マレー語の日常会話くらい理解出来、話せたという。

長崎に溢《あふ》れる西洋文化の味や小道具の数々は遊女たちを通じて長崎人にもたらされ、定着したものも多い。

鎖国体制下の日本にあって、遊女たちは風俗、言語、歌謡、音楽、器物、嗜好、調味とあらゆる外来文化を仲介する重要な役目を果たしたことになる。

長崎奉行所の役人の口を通す紋切り型の江戸情報より的確な日本人の心情や考えを異国へと正確に発信したのは遊女であったかもしれない。

そんな別離の季節、長崎警備の実戦部隊である佐賀藩が「大番」勤務を終えようとしていた。

西泊《にしどまり》と戸町《とまち》の両沖番所では、五月の交代から阿蘭陀船、唐船が帰帆する九月下旬を「大番」と称して千人勤番体制を取っていた。だが、阿蘭陀船がいなくなった後、翌年の三月までは勤番を半減して五百人体制となった。

そんな人が忙しく入れ替わる季節、座光寺藤之助《ざこうじとうのすけ》は伝習所剣術教授方の役目に戻り、ひたすら指導と稽古《けいこ》に打ち込んでいた。

外海《そとめ》で阿蘭陀小型砲艦グーダムに乗り組んで蒸気船の仕組みや砲術の実地訓練を見学した長州藩の大林理介《おおばやしりすけ》と山根《やまね》荒三郎《あらざぶろう》の二人は、梅《うめ》ヶ崎《さき》の高島《たかしま》家の蔵屋敷に密かに匿《かくま》われて国許の萩《はぎ》に連絡を取り、時計師や鉄砲師を抱える高島家での勉学の許しを乞《こ》うていた。

外国列強が保持する砲艦を建造し防衛力を増強しようとしても一朝一夕にして成しうるものではなかった。

「幕府頼りならず」

と考え、自前の海防を意識させられた大名諸家では独自で西洋式の帆船や蒸気機関の砲艦を造ろうとしていたが、彼我の技術力、軍事力には高い壁があり、失敗を繰り返していた。

大林と山根はなんとしても蒸気船の建造技術を習得して長州に帰らねばならなかったのだ。そんな二人を高島家は快く受け入れたのだ。

藤之助は慌《あわ》ただしい長崎にあってひたすら己《おのれ》の職分を全うしていた。

そんな日、朝稽古を終えた藤之助を訪ねてきた人物がいた。

江戸町の惣町乙名《そうまちおとな》の椚田《くぬぎだ》太郎次《たろうじ》だ。

「座光寺様だけは泰然と己の本分を務めておられますな」

「太郎次どの、久しぶりかな」

「掛け違って顔を合わせる機会がございませんでしたな」

と陽に一段と焼けた精悍《せいかん》な顔に笑みが浮かんだが、どことなく緊張があった。

「なんぞ御用かな」

「お付き合い下さいませぬか」

頷《うなず》いた藤之助は師範部屋に戻ると手早く身仕度《みじたく》を整えた。なにが起こってもいいように大小の他に懐《ふところ》に愛用の小鉈《こなた》、そして諸肌《もろはだ》脱ぎになって左脇下にリボルバーを吊《つ》り、再び袖《そで》を通して隠した。

藤之助と太郎次は肩を並べて伝習所の門の外に出た。

長崎湾の上の秋空は澄み切っていた。稲佐山《いなさやま》は山紅葉に染まり、白い雲がぽっかりと浮かんで、海面を高く低く秋茜《あきあかね》が飛んでいた。

太郎次は大波止《おおはと》の一角に小舟を待たせていた。船頭は口と耳が不自由という太郎次の雇い人だ。

二人は無言で小舟に乗り込むと直《す》ぐに岸壁を離れた。

「三番崩れのその後の経緯《いきさつ》を座光寺様は承知で」

「いや、存ぜぬ」

「浦上では隠れきりしたんの総頭を帳方《ちょうかた》と呼びますがな、帳方の吉蔵《よしぞう》は捕縛を避けて五島に逃亡したようにございます」

藤之助がだれかから聞いたことのある情報を太郎次が告げた。

「逃げ果《おお》せた者がいたか」

「宗門御改《おおあらため》の大久保《おおくぼ》様が強硬に海の果てまでも吉蔵を追い求めて捕縛せよと長崎奉行の川村様と荒尾様にねじ込まれたそうな。離任なさる川村様はようございましょうが新任早々の荒尾様は厄介《やっかい》を負わされた。五島まで捕り方を派遣されるようですな」

「逃げ切れるかのう」

さあて、と太郎次が首をかしげた。

大久保純友の長崎滞在の真意を長崎会所《かいしょ》では未《いま》だ測り兼ねていた。

「浦上《うらかみ》から樫山《かしやま》に取り締まりが及んだようだな」

「へえっ、メダイを預けられた茂十《しげじゅう》らが捕まりまして厳しい牢問いが連日行われております」

藤之助が頷いた。

「大久保様が指揮されて茂十らに口を割れと厳しい責めが昼夜関わりなく行われてお

りますよ、あの取調べでは自白する前に十五人すべてが牢死することになりましょうな」

太郎次の口調には非難と達観の色があった。

「本日はこの一件と関わりがござるか、太郎次どの」

「いえ、ございません」

と太郎次の目が出島に行った。

明日にも出港という阿蘭陀船が出島の沖合に停泊して、出島の船着場と船の間をひっきりなしに伝馬《てんま》や艀《はしけ》が往復していた。だが、船着場奥の水門は両扉がきっちりと閉ざされていた。

「明日、出港する予定の阿蘭陀商船ザイヘル号にて本国に戻るはずの下級商務官ヨハン・コリネウスが失踪《しっそう》いたしました」

藤之助には思いもかけない話だった。

「奉行所には未だ報告されてはおりませぬ。多事多難な折です、ドンケル・クルチウス商館長としても自力で見つけられるならばと考え、会所に内々に相談が持ちかけられたのでございますよ」

藤之助は太郎次を見た。小さく頷き返した太郎次が、

「出島内の鳩小屋で最後に見かけられたのは三日前の夕刻、次の朝にはいなくなっていたそうです」

「出島内の捜索は当然行われたのでございますな」

「出島、沖合いに停泊するザイヘル号、僚船ズワーン号も内密裡《り》に何度か捜索が行われました。だが、コリネウスの姿も死体もどこからも見つからなかったのでございますよ」

「死体と申されたが仲間と相争うような気配がございましたので」

「長年の出島暮らしの商館員なればわれらもおよそが顔見知り、時に片言の異人言葉で挨拶《あいさつ》くらいはし合います。ですが、コリネウスとは挨拶を交わしたこともなければ記憶も定かではございません。仕事の他には一人で鳩の世話やら花畑の手入れをするのが道楽とか、変人といえば変人にございましょう。仲間とも余り交わらなかったようです。同輩の者と争うようなことはまず考えられぬとクルチウス商館長は申しておりました。長崎に参った理由は金子を貯めて故郷のライデンに戻り、家を建てることでした」

「その者に長崎に残りたい理由は見当たらぬのか」

「ございました」

藤之助と太郎次は顔を再び見合わせた。

「この半年、丸山の遊女のおきねと懇《ねんご》ろになっておりましてな、失踪する朝まで三日昼夜居続けて、別れを惜しんでいたと申します」

阿蘭陀行きの遊女は三日を以て一期とし、何回でも継続することが出来た。だが、その場合は出島表門の門番所にその旨《むね》を届ける要があった。

「おきねは、出島を出て丸山に戻ったのですな」

小舟は出島と沖合の阿蘭陀商船二隻の間の海をゆっくりと遊弋《ゆうよく》していた。

帆が下された三本帆柱には三段の帆桁《ほげた》があってそれらに帆が巻かれてあった。そして、帆柱上と船尾に阿蘭陀旗と東インド会社の旗が掲げられ、風に棚引いていた。

「明け方、出島表門から鑑札を差し出して出るのが確認され、帳簿にも記載されております」

「おきねには、当然コリネウスの失踪を確かめられたのでしょうな」

「引田屋《ひけたや》を訪ねました。だが、おきねには会うことは叶《かな》いませんでした」

「なぜです」

「その夜を最後におきねは遊女ではなくなったからです。落籍《らくせき》されておりました」

「当然コリネウスではございませんな」

「茂木《もぎ》の漁師です」

「ほう、それにしても符丁を合わせたような行動ではある」

太郎次が首肯《しゆこう》した。

「おきねの落籍は三月も前から決まっていたことにございますよ。おきねの実家のある茂木の若い漁師総太郎《そうたろう》がおきねの下へ通い始め、二度目には落籍話を帳場に切り出していました。身請けの金子は三十七両三分です」

「若い漁師が大金を持っていたものですね」

「おきねが帳場で洩《も》らしたところによれば総太郎は漁師を装っているが、抜け荷に関わる水夫《かこ》で身請けの金子を得たとか。だが、抜け荷だろうと盗んだ金子だろうと女郎屋にとって得になる話なれば格別支障とはなりません」

藤之助は頷いた。

「おきねは茂木に向かったのですか」

「女郎屋にはそういい残しておりますし、総太郎も迎えにきて一緒に丸山町を出たそうです」

「幸せな遊女だ。となるとコリネウスの失踪とおきねの身請け話は無関係となる」

「そこです」

と答えた太郎次が、

「なんとのうおきねの話にも訝《いぶか》しさが残るとですたい」

と長崎言葉で太郎次は首を捻《ひね》った。

「阿蘭陀船の出港も迫っておりますやろ。そこでくさ、座光寺様にこの話を詰めてもらえぬものかとかような面倒を相談申したとです」

「それがしに出来るかのう」

「座光寺様はわっしらの最後の頼みですもん。阿蘭陀商館と長崎会所は持ちつ持たれつこの二百年協力し合って参りました。コリネウスが逃げたとなればこのようなご時世ですたい、阿蘭陀の立場は悪くなりますもん。こぎゃんことがなかろうとたい、新興の列強諸国の砲艦外交に阿蘭陀は追い込まれているところですもんな」

「惣町乙名、この一件それがしの好きなように動いてよいと申されますか」

「それが願いですばい」

「銅座近くに舟を付けてもらえませぬか」

太郎次が船縁《ふなべり》をこつこつと阿蘭陀煙管《ギセル》の雁首《がんくび》で叩《たた》き、耳と口の不自由な船頭の注意を引くと手話で命じた。

「座光寺様、なんぞございましたらうちにいつ何時なりとお出でなっせ」

「承知致した」

半刻後、藤之助の姿は丸山町の引田屋の二階座敷にあった。目当ての遊女は他用で出かけておるとか、すぐに戻るという番頭の言葉を聞いて、

「座敷で待たせてもらってよいか」

「客が待つのは遊び代に付け加えさせてもらえるならね」

「酒を貰《もら》おう」

「肴《さかな》はなんでございますな、伝習所の先生」

番頭は一度格子越しに顔を覗《のぞ》かせたことがある藤之助の身分を承知していた。

「見繕《みつくろ》ってくれぬか」

「へえっ」

四半刻《しはんとき》も独酌をしながら昼下がりの女郎屋の二階で待ったか、廊下に足音がして目当てのあいが座敷に駆け込んでくると、

「高島の嬢様に鉄砲玉ば一発食らわんじゃろうか」

と土地の言葉で言うと藤之助を艶な目で睨《にら》んだ。

「すまぬな、留守に上がりこんで」

「遊女は時と体を売る商いですもん」

べたり、とあいが藤之助の傍らに座り、手にしていた盃《さかずき》を飲み干した藤之助があいに差し出した。

「逆さまたいね」

とあいが笑うと両手で盃を受けた。藤之助が酒を注ぎ、

「頂戴します」

と応じたあいがゆっくりと飲み干した。盃の雫《しずく》を粋に切ったあいが藤之助に返し、藤之助が受けた。

「阿片《あへん》の吸引がもとで死んだ女郎のことを聞きに丸山に足を踏み入れたのが最初だったわね、今日はなんの用事なの、座光寺藤之助先生」

あいの言葉は江戸のものに変わっていた。

「そなたの同輩が落籍されたそうだな」

「やはり用事だったのね」

とあいが苦笑いして、

「一瞬玲奈《れいな》嬢様と刺し違えることになるかと思ったわ」

「すまぬ」

「なにが知りたいの」

「身請け話が真実《まこと》かどうか」

「若い客が三十七両三分の大金を持っていることが訝しいの」

「総太郎と申す漁師、一度引田屋に上がっただけでおきねを落籍する気になったようだな」

「肌身が合うのに何度も通うこともないわ。反対に何年も通っても女郎と客の関わりのままで終わるのがこの世界よ」

「総太郎は一度でおきねに惚《ほ》れたと申すか」

「遊女の身請け話を追いかけるほど座光寺先生は暇なの」

苦笑いした藤之助が、

「おきねは阿蘭陀行きだったな」

「唐人行きの六倍もの、一夜三十匁《もんめ》の揚げ代にひかれたのでしょうよ」

「金子に目が眩《くら》んで阿蘭陀行きを望んだ遊女か」

「遊女も女よ、計算くらいできるわ、座光寺先生。そうは言っても男と女ですもの、肌身を合わせれば情も通うわ」

あいは藤之助を挑むような眼差しで見詰めたが、話がぐるぐると回って進まなかった。

「正直に話そう」

と藤之助は踏み込むことにした。

「明日阿蘭陀船が出立するな。その船に乗船するはずの下級商務官ヨハン・コリネウスが行方を絶った。その者、おきねの最後の客だったのだ」

「おきねさんとコリネウスが行方知れずになったことと関わりがあるというの」

「それを知りたくてそなたのところに参った。出島で朋輩と付き合いもせず独り鳩の世話をしたり、花を作ったりして金を貯めてきた男がなぜかおきねと気が合い、この半年度々《たびたび》出島に呼んで連泊させていた。商館の奉公人がいくら稼ぐか知らぬ、だが、半年の遊び代にかなりの金子を使い果たしたのではないか」

「コリネウスはおきねさんに未練があって出島を抜けたというの」

「あるいはおきねに与えた金子を取り戻そうとして無謀を企てたかもしれぬ」

「待って」

とあいが思案した。

「座光寺様も格子越しにだけど顔を合わせているはずよ」

「そなたと話した夜に張り見世《みせ》にいたのだな、そなたの顔しか覚えておらぬ」

「座光寺藤之助、その口で高島玲奈さんば騙《だま》したとね」

と言い放つと、

「出島から消えたコリネウスとおきねさんの気性は瓜《うり》二つよ。仲間と交わりもせず銭勘定が楽しみな人でしたもの」

とあいが言い、空の盃を手にして藤之助に催促した。

二人は一刻ほど酒を酌《く》み交わしながら話し込んだ。

二

藤之助は一旦《いったん》江戸町惣町乙名、椚田太郎次の家に立ち寄った。これからの行動を相談するためだ。

夕暮れ前の刻限で太郎次の家の正面に出島へ渡る木橋が見え、向こう岸に表門が出入りの人々を見張っていた。

夕焼けの空に鳩が舞い飛んでいた。

失踪したコリネウスが世話をしていた出島の鳩だ。

「ごめん」

と声を掛けると太郎次がいきなり広い玄関先に顔を見せた。

「まず奥へ通りなっせ」

と太郎次が早速《さっそく》招き上げようとした。

「邪魔を致す」

腰から藤源次《とうげんじ》助真《すけざね》を抜いた藤之助は見知った椚田家の居間に通された。縁側の風鈴はもはや取り払われて、黄色の菊鉢があった。

「ヨウイラッシャイマシタナ」

「よういらっしゃいましたな」

藤之助はオウムと太郎次の女房のお麻《あさ》から同じ言葉で迎えられた。

「こん前参られたときは長崎素麺《そうめん》の季節でしたもんな」

お麻が台所にでも下がったか、居間から姿を消した。するとオウムは黙り込んだ。

「座光寺様、阿蘭陀船の出港が一日二日延びました、クルチウス商館長がくさ、コリネウスの失踪《しっそう》ば荒尾奉行に報告したとです。そこでくさ、奉行所ではコリネウスの行方ば突き止めてからの出港という命ば通達されたとです。英吉利や亜米利加の艦隊ならばくさ、奉行所の命なんぞ無視して碇《いかり》ば上げまっしょうがな、商館長も出港後にコリネウスが発見されたときのことをくさ、考えて届けば出したとです」

「お互い致し方なき処置にございましょうな」

「阿蘭陀商館から新任奉行に出島糖がだいぶ献上されたということですたい」

出島糖とは出白とも呼ばれ、砂糖のことだ。

砂糖は南蛮船がもたらす貴重品の一つだ。とくに阿蘭陀船の持ち渡りの砂糖は上質で、調味料として咳痰《せきたん》の薬として高く取引きされた。また砂糖が丸山の遊女たちの揚げ代として用いられてもいた。

長崎川柳に、

「砂糖も袖を留める丸山」

と詠《よ》まれたほどだ。

この砂糖、阿蘭陀商館内の荷蔵に保管されて、大事な時に使われた。

新任の荒尾に献上された砂糖は、いわばコリネウス捜索のための日限を許してもらうためのお目こぼし料だ。上方の商人に売って換金すれば莫大《ばくだい》な金子に変わるというわけだ。

「ともかくたい、荒尾奉行からは商館長に今一度出島を入念に探索せよとの厳命が下ったそうですもん」

「出島に潜んでおると奉行所では考えておられるか」

「いくら異人の市内散歩が許されたとはいえ、商館員の行方不明は事ですたい。ばってん、出島におるやろか」

と太郎次が首を捻り、藤之助の顔を見た。

早めの夕餉《ゆうげ》にお麻が用意したのは賽《さい》の目に豚肉を細かく切り、高菜、銀杏《ぎんなん》、木耳《きくらげ》を煮込むそぼろ煮で粉胡椒《こなこしょう》を振りかけて食された。さらに味付けしたもやしに椎茸《しいたけ》を刻み込み、湯葉で巻いて油で揚げたけんちん、板蒲鉾《かまぼこ》、厚焼き玉子など馳走だった。だが、その後の行動を考えてか、酒は供されなかった。

伝習所食堂の給食とは比較にならないほどの調理で美味だった。

そんな馳走を二人の男はそそくさと食した。二人の心に御用が引っかかり、太郎次は何事か思案にくれ、藤之助はあれこれと推量するしかなかった。

太郎次が庭を包み始めた夕闇を見ていたが、

「ちいと早うございますばってんが、出かけまっしょうかな」

と誘い、藤之助は頷いた。

江戸町と向かい合う出島への表門橋の北詰に御札所があって、

「禁制　出島

一、　傾城之外女入事」

に始まる有名な通告が張り出されていた。

阿蘭陀行きと呼ばれた遊女だけが出島の出入りと滞在を許されたのだ。

太郎次は藤之助を御札所の傍らの石段へと誘い込むと小舟がそこに待っていた。口と耳が不自由というつもの船頭が二人を乗せると心得顔に舟を出した。太郎次が手話で行き先を命じた。

小舟は出島と江戸町との間の水路を北へと向かい、長崎湾に出た。

さらに夕闇が濃くなっていた。

湊に浮かぶ二隻の阿蘭陀交易帆船や十数隻の唐人船の明かりもおぼろに浮かんで見えるのは霧が出たせいか。

闇に紛れるように小舟が付けられたのはなんと東インド会社所属の阿蘭陀船ザイヘル号だった。

「出島に潜り込むにはちいとばっかり細工が要《い》りまっしょ」

太郎次が藤之助に説明すると返事も待たずに阿蘭陀船から下された板階段に身を躍らせてすたすたと上がっていった。

藤之助は太郎次が甲板へと姿を消したのを確かめ、波間に揺れる板階段に足をかけた。初めての経験だが縄の手摺《てすり》を摑《つか》みながら軽やかに上がり切った。

藤之助は阿蘭陀交易船に乗船するのは初めてだ。

すでに話が付いているのか、太郎次と藤之助は煌々《こうこう》と洋灯《ランタン》が点《とも》された船室に招じ入れられた。そこには商館長のドンケル・クルチウスと船長らしき赤ら顔の巨漢に小者が二人待機して、異国の言葉で訪問者に何事か短く告げた。

太郎次が頷くと、

「座光寺様、ここで召し物ば脱いで下され」

と言うと自らも羽織を脱ぎ始めた。

クルチウスらが、じいっと見詰める中、藤之助は黙って従った。

下帯一つになった藤之助が脇の下に吊《つ》るした革鞘《ホルダー》のリボルバーを外すかどうか迷っていると、クルチウスが太郎次に何事か告げた。

「飛び道具は身に付けてよいそうです」

褐色の肌をした小者が裸の二人に阿蘭陀足袋《たび》やら裁《た》っ付袴《つけばかま》のような筒袴《ズボン》を差し出した。

「太郎次どの、われら、阿蘭陀人に扮装して出島に入ろうという算段か」

「ただ今は正月ではございまっせん。これしかわっしらが出島の奥に忍び込む手はございまっせんもん。クルチウス商館長の苦衷《くちゆう》と決断になんとか応えねば男がすたりますたい」

ふんわりとした白地の短着《シャツ》を身に付けた後、革長靴を差し出された。

二人は椅子に腰を落として小者に手伝ってもらいながらなんとか足を押し込んだ。

クルチウスが、どうだ歩けるかという表情で二人に言葉を掛けた。

藤之助は立ち上がると船室を歩いてみた。

革長靴のせいで足の運びがぎこちなかったが、何度か往復しているうちにこつこつと板の床に響く音が耳に心地よく感じて歩みも慣れてきた。傍《かたわ》らで、

「長崎生まれの太郎次もくさ、異人の着物はどうもしっくりこんたいね」

と太郎次がぼやくと苦笑いした。

太郎次には筒袴も短着も丈が長かった。

「これではくさ、色男台なしばい。知り合いの女どもが見たら、腹抱えて笑おうもん」

クルチウスが藤之助の髷《まげ》を隠すように船型のカピタン帽を頭に載せ、さらに上着を着せかけた。最後に阿蘭陀上級士官などが正装の折に佩《は》く剣を差し出した。

「お借り致す」

藤之助の言葉が分かったようにクルチウスと船長が何事か短く言い合い、太郎次

が、

「座光寺様は和人の中では群を抜いた体格、阿蘭陀人に見劣りしませんから阿蘭陀人の洋服がよう似合うと話しておりますよ」

「素直に礼を申しておこうか」

藤之助は船に残す持ち物の中から小鉈を選んで筒袴の革帯に隠すように突っ込んだ。

洋服姿に変わった二人は再び甲板に出た。すると出島から迎えの艀《はしけ》が阿蘭陀船の板階段下で待ち受けていた。

二人はクルチウス商館長ら十人ほどに前後を囲まれるように艀に乗り組んだ。艀が阿蘭陀船を離れて出島に向かった。

藤之助は出島を改めて眺《なが》めた。

出島の歴史は最初から阿蘭陀人滞在のために始まったわけではなかった。

出島は長崎開港ときりしたんと密接に結びついて埋め立てられたのだ。

元亀《げんき》二年（一五七一）、葡萄牙《ポルトガル》人によって天然の良港が発見され、藩主大村純忠《おおむらすみただ》が葡萄牙人と交易するために湊の建設を行った。

さらに天正《てんしょう》十年（一五八二）、大村ら九州の三きりしたん大名が派遣した少年使節は長崎から異国ローマへと船出していった。

その後、長崎はきりしたん信仰の中心地として栄え、大村純忠はイエズス会に長崎を寄進するという熱心な信徒となった。

天正十五年、九州出兵のため博多に到来した豊臣秀吉《とよとみひでよし》は、長崎のきりしたん信仰の実態を知らされ、大いに驚くとともに大村の行動に怒りを爆発させた。

秀吉の命で大村家から長崎を没収し、公領とした。

以後、きりしたん弾圧はきびしさの度合いを深め、徳川幕府に変わった寛永《かんえい》十三年に長崎湊《みなと》中島川《なかしまがわ》の浅瀬に人工の島を築造させた。そして、市中に雑居していた葡萄牙商人を出島に移し、混血児二百八十七人を澳門《マカオ》に追放した。

出島の主が葡萄牙人から阿蘭陀人に代わるのは寛永十八年（一六四一）のことで、阿蘭陀人らは平戸《ひらど》から移ってきた。

阿蘭陀商館で一番高い商館長屋敷の露台に明かりが入り、今にも別離の宴《うたげ》が始まる雰囲気で膳の仕度をする異国人の小者らの人影も見えた。

周囲二百八十六間二尺九寸（約五百米）、敷地面積三千九百二十四坪一歩（約一万三千平方米）、扇型に広がる出島は、その後、何度もの改装を重ねられてきた。せいぜい大身旗本の拝領屋敷ほどの広さの人工島に二百余年も押し込められてきたのだ。

ついでに言う。

出島建設の費用は長崎の高島四郎左衛門《しろうざえもん》ら豪商二十五人が捻出《ねんしゅつ》していた。それに対して阿蘭陀人たちは年間八十貫の地代を払い続けることになる。

艀が到着したのは出島の西端に面した船着場だ。

クルチウス商館長と船長が上陸し、続いて士官らが藤之助と太郎次を囲むように艀から船着場に上がった。

その様子を水門から長崎奉行所の御検使《ごけんし》らが監視していた。

出島の中から小太鼓と喇叭《ラッパ》の音が響いて音楽隊が出迎えに姿を見せた。音楽隊長は抜き身の剣を眼前に立てて歩調をとっている。

クルチウス商館長が阿蘭陀船の船長ら上級船員を出島に招聘《しょうへい》して別離の宴を張るという趣向か、と藤之助は推測した。

太鼓と笛の調べが一旦《いったん》止まり、何事か音楽隊長が叫ぶと再び演奏が始まった。今度はさらに軽快な響きだった。

音楽隊が方向を転じ、その後に藤之助と太郎次を真ん中に囲い込むようにして一行が歩調を取って従った。

藤之助も太郎次も左右前後の者たちの動きを真似《まね》た。

水門前広場までは藤之助も承知していた。

バッテン卿らと剣と竹刀を交えた場所だからだ。

一同はその広場を斜めに突っ切り、大きく開けられた水門を潜《くぐ》ろうとした。すると長崎奉行所の御検使場と長崎会所の番所の役人らが目を光らせて、行列を静止させようとした。

だが、音楽隊はその前を歩調も緩めることなく、ぐんぐんと威厳を持って通り過ぎ、商館長のドンケル・クルチウスらも藤之助らを囲んで前進した。慌《あわ》てた御検使が、

「止まれ」

と叫んだが、その声に重なるように音楽隊長が剣を天に突き上げた。すると音楽の調べがさらに勇壮なものと変わり、
ざくざくざく
と足並みを揃《そろ》えて、一気に出島の広小路ともいうべき大通りに入り込んでいた。

東西に扇型に広がる出島には東西百余間南北四十間余の大路が十字形に交差して作られていた。

一同が西端から進むのは出島最長の東西路だ。

東西路の左右の軒下に洋灯《ランタン》が掲げられ、異郷の家並を浮かび上がらせていた。

「座光寺様、もう少し気を抜かんで下され。出島の北側には会所の乙名《おとな》部屋やら通詞《つうじ》部屋がございますでな」

と太郎次が藤之助の耳元に囁《ささや》き、藤之助は頷いた。

一行は商館長屋敷の前で停止した。

もはや日本人の監視の目は届かなかった。

藤之助らを囲む阿蘭陀人士官らが商館長屋敷に入り、東西路に残された藤之助は周りをゆっくりと見回した。

石が敷き詰められた道、木造洋館の家並が連なり、猥雑《わいざつ》な長崎とも思えぬ静謐《せいひつ》を保っていた。

二階の出窓には白い薄布の日除けが下がり、嵌《は》め込まれたビイドロが明かりをきらきらと映していた。

道の左右に点々と長椅子が置かれ、藤之助が初めて見る樹木や花が植えられていた。緩く弧を描く東西路を悠然と犬が横切っていった。白毛がふさふさと長い大きな犬だ。

（ここが長崎の一角か）

藤之助は時空を超えて異国に下り立った錯覚を覚えた。

太郎次とクルチウスが話し合い、阿蘭陀人の日本語通詞が二人の道案内に付いた。

「座光寺様、すでにコリネウス捜索は何度も繰り返されました。座光寺様の武芸者の勘を用いてみようと言い出したのはクルチウス商館長でしてな、最後の賭けですたい」

「惣町乙名、クルチウスどのはそれがしを買い被《かぶ》られておる。異郷のような出島でそれがし、手も足も出ぬわ」

「そう申されますな」

阿蘭陀人の通詞が出島の絵地図を広げ、

「ここが私たちのおるところです」

と上手な日本語で商館長屋敷の位置を指した。

藤之助は異国と見まごう人工島の実際の風景と絵地図を眺《なが》め比べた。

「当然のことながらコリネウスの宿坊は調べられたな」

「広くもない部屋です。部屋の床を剝《はが》し、天井裏も調べ上げました」

と阿蘭陀人の通詞が告げた。

「その者、独りで時を過ごすのが好きだったそうですね。一番多く時を過ごしたのはどちらですか」

「この半年は遊女おきねと過ごしたあの屋敷です」

と阿蘭陀人通詞が東の一角に並ぶ二階家を指した。そこが丸山の遊女、阿蘭陀行きが滞在する宿舎だった。

「当然、床下まで調べました」

と通詞が言う。

藤之助の反応を伺《うかが》うような言葉遣《づか》いだ。

「もはや遊女はだれ一人滞在しておりまっせんもん」

太郎次が藤之助に言い、藤之助は広げられた出島の絵地図に神経を集中させた。

「コリネウスの持ち物はどうなっておりますか」

「国に持ち帰る大半の家具は船に持ち込まれております。大半が着古した衣類などで、がらくたに等しいものでした」

と通詞が答え、太郎次が、

「ばってん、一番大事な金子は船から未だ見つかっておりまっせんもん」

と付け足した。

「コリネウスと申す者、鳩の世話が好きだったとか」

「鳩に限らず生き物はなんでも好きでした。いや、私どもと一緒に過ごすのが嫌で鳩やら豚やらの生き物や花と過ごしていたのかも知れません」

「鳩小屋を見てみとうござる」

頷いた通詞が東西路の北側に細く伸びた路地に二人を連れ込んだ。藤之助は腰に吊るした剣を立てて路地奥へと進んだ。すると鳩の、

くっくくっく

と鳴く声が聞こえてきた。鳩小屋は異人館を模した造りで段々状に高い館から低い館と連なり、鳩は自由に出入りができる仕組みだ。

十坪にも満たない庭である。

コリネウスが手作りした鳩小屋には人間が隠れ潜む空間などなかった。

藤之助が顔を横に振ると通詞が、次はどこへと聞いた。

「コリネウスが独りで過ごした場所へ案内して下さい」

「花畑かな」

通詞が呟くと道案内に立った。

迷路のような路地のあちこちに洗濯場があったり、火事の際の消防道具が整然と置かれた小屋があった。

藤之助らは出島の表門から南の海へと抜ける南北路を内側に横切ろうとしていた。

太郎次が藤之助の腕を摑んで顎《あご》で教えた。

表御番屋の空けられた扉の向こうに表門橋が、そして、惣町乙名の椚田太郎次の家の一部が見えた。

通詞が急ぐように命じた。

三人はアーチ型の鉄門を潜った。するとそこが花畑で藤之助が見たこともない花々の花壇や野菜が植えられた畑が広がっていた。

庭の真ん中に南北に長い池があって太鼓橋が架《か》けられていた。

三人は太鼓橋の上に立ち、周囲を眺《なが》めた。どこにも死角がないほど開放的な庭だった。

「コリネウスだけが格別花の手入れに熱心だったわけではありません。私も時折無聊を慰めるために畑に立ちます」

と通詞が言った。

出島の孤独を阿蘭陀人たちは故国の花作りや野菜栽培で慰めながら過ごしてきたのだ。それも二百余年という、徳川幕府開闢《かいびゃく》とほぼ同じ、途方もなく膨大で孤独な時間だった。

それが現在、国際化の波の中で既得権を有利に使いこなすことが出来ず、立ち遅れようとしていた。そんな最中に起こったコリネウスの失踪《しっそう》だ。

「どこに参りますな」

通詞が催促した。

「コリネウスが独りで過ごした場所はもうございませぬか」

通詞がしばし考え、

「コリネウスのことをわれら同国人はだれも理解しようとした者はいません。彼は鳩と同じように牛や豚と過ごすことを好みましたからな」

「出島には牛も豚なる生き物も飼われているのですか」

「島の東側に動物を飼育する一角がございます」

「案内してください」

出島の南東、海の近くに牛、豚、鶏、そして、時に異国から献上物として連れて来られる象、らくだ、虎、馬などが一時的に入れられる囲い場と小屋があった。だが、もはや夜間のこと、囲い場に牛の姿も豚の姿もなかった。

藤之助は薄明かりがあたる囲い場をしばらく見ていたが、腰に吊るした剣の革帯を解き、上着を脱いだ。

「入られますので」

太郎次も困った顔で聞いてきた。

「明かりを貸してもらえぬか」

通詞がすぐに近くの宿坊から洋灯《ランタン》を持ってきた。

藤之助は洋灯を掲げて柵の間から身を中に入れた。

海に近いせいか東側の塀の向こうから波の音がした。覚悟をしたように太郎次が続いたが、通詞は柵の外に止まった。

牛小屋に洋灯を差し入れると四頭の牛が眠そうな目を藤之助に向けた。黒牛が二頭、白と黒のぶち牛が二頭だ。

「こんぶちは乳を搾《しぼ》る牛ですたい」

太郎次が説明してくれた。

頷いた藤之助は豚小屋へと進んだ。

唐人の料理屋で豚の頭を見ていたので、藤之助には初めてというわけでもない。だが、生きた豚を見るのは初めてだ。

豚小屋には大小十数頭も飼われていて藁床《わらどこ》の中で潜り込むようにして眠っていた。

藤之助は波の音を近くに聞いたような気がした。今一度牛小屋に戻り、小屋の背後、築地塀《ついじ》の外から聞こえてくる波の音の違いに耳を傾けた。そして、豚小屋に戻ると小屋の扉の錠前を外して身を入れた。

洋灯の明かりで細長い小屋の中を照らした。

親豚か、小屋の中に一段高く張られた板床で眠りこけている二頭の大きな豚がいた。

「どいてくれぬか」

豚が目を覚まして、

ぶうぶう

と抗議の鳴き声を上げた。それでも体をどけた。

「なんぞございますかな」

太郎次が小屋に入ってきた。

「波の音が気になってな」

藤之助は板床をずらした。すると藁がぎっしりと敷かれていて片手でそれを取り除くと土が盛られていた。洋灯をその場においた藤之助が土を寄せると石蓋が現われた。

藤之助は重い石蓋をずらしてみた。するとまず湿った潮風が頬《ほお》を撫《な》でた。

波の音が地底から響いてきた。

ちゃぷんちゃぷん
太郎次が洋灯を穴の中へ突き出した。

径一尺五寸ほどの穴の、一間半下まで海水が溜《た》まってたゆたっていた。

縄梯子《なわばしご》が一本土壁に沿って海中まで垂れていた。そして、足がかりに掘られた穴の途中には横穴があって、脱ぎ捨てた衣服が突っ込まれているのが見えた。穴は長い月日をかけて掘られた跡があり、協力者があったことを示して石蓋は閉じられていた。

「こん穴は海に通じておりますな」

「この小屋は湾の近くに接している、せいぜい横へ三、四間も潜水致さば海に出られよう」

「この穴を通り、海に逃れたということですな、コリネウスは」

「まず間違いなかろう」

「あとはおきねと相談の上で逃れたかどうか」

「異人が出島の外で暮らして行くには和人の助けがいろう」

「それがおきねかどうかということですな」

太郎次が通詞を呼び、豚が騒ぐ声がして通詞が入ってきた。

「豚小屋に入るのは小者の……」

とぼやく通詞の言葉が穴を見て、

うっ

という呻《うめ》きとともに途中で呑み込まれた。

「通詞さん、コリネウスはここから出島の外に抜け出たとですたい」

太郎次の念を押す言葉に阿蘭陀語の罵り声が応じた。

三

深夜、長崎から茂木《もぎ》湊に向かう二里三丁の山道を座光寺藤之助と椚田太郎次は黙々と歩いていた。

刻限は五つ半（午後九時）過ぎか。

豚小屋で発見された脱出口を知らされたドンケル・クルチウス商館長ら幹部数人が飛んでくると、囲い場の柵の外で躊躇《ちゅうちょ》していたが意を決したように囲い場に入った。

そして、糞尿が混じったぬかるむ足元や臭いに顔をしかめ、大きな身振りで騒ぎ立てた。

その態度は、豚小屋が阿蘭陀人ら上級幹部に無縁の場所であることを示していた。コリネウスの逃走を見逃した理由であり、人嫌いのコリネウスはそこに目を付けたのだ。

豚小屋に入る前に再びひと騒ぎあって、ぴかぴかに磨き上げられた革長靴が汚れないようにそっと藁床を歩いて太郎次が差し出す洋灯の明かりで穴を覗《のぞ》き込み、

おおっ

と驚愕《きようがく》の声を上げた。

そのとき、藤之助は狭い穴に垂らされた縄梯子にぶらさがり、水面を確かめていた。

湊に押し寄せる波に連動して上下する穴の水面に手を差し入れると、縄梯子の下部からもう一本縄が外に向かって張られているのが分かった。

コリネウスはその縄を伝わり、出島の外に脱出したのだろう。

商館長らの声に藤之助は縄梯子を上がった。途中の横穴で脱ぎ捨てられた衣服を回収した。

クルチウス商館長らは驚きから立ち直れない様子で藤之助を迎え、なにかを言ったが藤之助には理解できなかった。通詞が藤之助の手の衣服を受け取ると、コリネウス

の普段着であることを認めた。

藤之助は阿蘭陀人通詞に縄梯子の下から別の縄が海に向かって張られていることを告げた。通詞の口を通してそのことを知らされたクルチウス商館長は異国の言葉で何事か吐き捨てた。

「これで下級商務官コリネウスが出島を自らの意思で脱出したこと、さらには長崎に残ったことがはっきりとしましたな」

太郎次が一同に言い、通詞が阿蘭陀語に訳して告げると阿蘭陀人らが大きく頷いた。

クルチウスが太郎次に相談するように何事か話しかけ、二人はクルチウスらと今後の対策を打ち合わせるために豚小屋から商館長屋敷に連れていかれた。

そこで今後の対策が手早く打ち合わされた。

その結果、出島ではコリネウスの脱出を手伝った協力者の捜査が、そして、出島の外に逃れたコリネウス捜索は行きがかり上、藤之助と太郎次の二人が続けて関わることになり、夜の山道を茂木へと急ぐ羽目になったのだ。

「おきねと一緒におりますかな」

と太郎次が今まで起こったことを整理するように藤之助に聞いた。

「爪に火を点すように出島暮らしを続けて、故国ライデンに家を建てることを楽しみにしていたヨハン・コリネウスは、帰国の半年前にどのような気持ちの変化か、出島に遊女を呼び、おきねを知った。逢瀬を重ねるうちに吝嗇《けち》のコリネウスがいろいろとおきねには与えていたそうです。かなり早い段階から二人はこの日本で暮らすことを話し合ってきたのではござらぬか」

藤之助の情報は引田屋の遊女あいからもたらされたものだ。

「座光寺様、異人がこの地で暮らすのは容易なことではございませんたい。これまでも何人かの南蛮人がそのようなことを企てましたがな、いずれも不幸な結末に終わっておりますもん」

「太郎次どの、鎖国政策を続けてきた幕藩体制は大いに揺らいでおる。この長崎では異人の扱いが大いに違ってもきた。日中決められた刻限なら異人の散歩すら認められるようになったではないか。コリネウスは、阿蘭陀商館で二年働き、この長崎を取り巻く情勢をとくと承知する立場にあった。もし違法を承知で出島を抜けても数年後には大手を振って暮らす時代がくると予測して、豚小屋の穴から海底へと潜ったのではないのかな」

長崎会所の幹部の椚田太郎次には自明の理屈だった。

「引田屋の同輩の遊女は、おきねがしばしば出島から高価なものをもらってきたと証言しておる。コリネウスがおきねに贈った品々というより一時預けた品々と考えたほうが此度《こたび》の行動に得心がいくのではないか」

「座光寺様は、二人が綿密な話し合いの上に外に出たと申されますとですか」

「コリネウスは二年の出島暮らしで片言の日本語を話すという。その先は男と女の仲だ」

「座光寺様、おきねを身請けした総太郎はどうなりますな」

「そこじゃな」

と二人の話は堂々巡りに落ちようとしていた。

太郎次が下げた提灯《ちょうちん》の明かりを頼りに話しながらも早足で歩いてきた。

「座光寺様、もうそろそろ唐八景と申す峠の頂に差し掛かりますもん。あとは下りですたい」

と太郎次が藤之助に茂木への道を説明した。

「身請けの四十両近くの金子だが、もしコリネウスとおきね二人の懐から出ているとしたらどうなるな」

「総太郎は、おきねに頼まれた身内の者と申されますな」

「いくら抜け荷に従事するにしても四十両もの大金を荒稼ぎできるものか」

ふーうっ
と太郎次が息を吐いた。

「たしかに長崎外れの浜漁師が唐人船を相手に抜け荷の真似事をしておるのを長崎会所も承知でございます。ばってん、それはくさ、抜け荷も年寄りの小便ごとあって、ちょろちょろしたものですたい。若い漁師が四十余両を稼ぐほどの抜け荷なれば会所にもすぐに通報が入りますすもん、会所としても見逃すわけにもいきまっせん。すぐに手が入りましょうな」

藤之助も無言で頷いた。

短い長崎暮らしだが、長崎会所の組織の緻密《ちみつ》にして強固なことを度々《たびたび》思い知らされていた。

「総太郎がどこの人間か、引田屋には言わんやったとですな」

「引田屋ではその辺をとくと聞いたわけではなさそうだ」

「おきねが茂木におるかどうか、これで此度の騒ぎの決着は決まりまっしょうたい」

「いかにも」

山道は唐八景を通り過ぎたようで下りに変わった。

「コリネウスがおきねと一緒にいたとせよ、惣町乙名、どう始末を付ける所存かな」

「座光寺様も阿蘭陀商船ば見られましたな。普通交易船には船長以下、按針《あんじん》士官を初め十数人の士官、医師、賄《まかない》役、船推進方、水夫頭、船大工、音楽方、兵卒、水夫、小者の黒坊と総勢三百数十人もが乗り組んでおります。コリネウス一人くらい乗せせんでもどうともなろうとお考えかもしれませんが、商館務めの人間の帰国は厳しゅう員数が調べられ、長崎奉行所の御用船がくさ、湾外まで随伴しますもん。そこがクルチウス商館長の頭がいたいところですもん」

「いずれにしてもコリネウスを見つけ出さねば阿蘭陀船は出帆できぬな」

「公にはそうですたい。また、この時節を逃すと海が荒れますもん。いくら阿蘭陀船が長さ三十五、六間の三本帆柱とはいえ、荒れる海に乗り出すのは危険でございますたい」

旧暦九月も残り少なく長崎にも冬の気配があった。

早足で歩く二人は夜の寒さを感じる暇もない。

「先日、長崎奉行所目付光村作太郎どのから阿蘭陀通詞山迫杉内《やまざこすぎない》が主宰していた新世紀の会の会員、山迫を含めた三人が斬り殺されたと聞かされたが、太郎次どのは承知か」

「座光寺様も承知でしたか。長崎会所でも一部の者しか知らされておりませぬ」

「先夜、それがしが討ち果たした旅の武芸者の仕業かとも思えるが、光村どのの探索を待たねばなるまい」

藤之助はおよその事情と光村から尋ねられた経緯を告げた。

「唐人荷物蔵の海に浮いていた武芸者は座光寺様を襲うて反対に返り討ちに遭《あ》いましたか。あちらもこちらも頭の痛いことばかりで」

と言った太郎次が立ち止まった。

道が蛇行していた。

「あれが茂木湊にございますたい」

橘《たちばな》湾《わん》に面した茂木湊は左右から両手を差し伸べたように岬に囲まれ、その内海が星明かりにうっすらと浮かんでいた。

「太郎次どの、かような刻限に茂木を訪ねておきねの実家を訪ね当てられようか」

「そいつは心配ございまっせんもん。茂木にも会所の関わりの人間がおりますたい」

「そうか、そうであろうな。長崎を出てつい会所の力を忘れておった」

太郎次は集落に入る前に提灯の明かりを吹き消した。

「座光寺様にご注意申し上げることもありますまいが、コリネウスは商館員の中でも鉄砲遣いで知られておりました。時折訓練と称して出島で行われた射撃大会では何度か一席に入った腕前にございますたい」

藤之助が初めて聞かされる事実だ。

「あの抜け穴から海に出るには鉄砲も持っては出られまっせんたいね。ばってん、おきねと話し合いの上なれば、西洋短筒くらいおきねの荷に潜ませて外に持ち出せまっしょうな」

「用心致す」

二人は最後の下り坂を一気に下り、茂木の集落に入っていった。

低い家並の間の路地を太郎次はすたすたと歩いていく。

訪問者の気配を察知したか、犬が吠《ほ》えた。

太郎次が足を止めたのは石垣を巡らせた家の門前だ。太郎次は勝手知った家のように両開きの片側の扉を押し開いた。

庭に網が干してあるのが星明かりに浮かんでいた。

「ちょっと戸口で待って下さいな」

と言い残した太郎次が家の裏口に回り込んで姿を消した。

足を止めてみると潮騒が聞こえてきた。

藤之助は懐《ふところ》の小銃を確かめた。

藤之助と太郎次は出島に入ったと逆の道を辿《たど》り、音楽隊に伴奏されて阿蘭陀商船の艀に乗り込み、一旦《いったん》商船に戻った。そこで阿蘭陀人の衣服を脱ぎ捨て、着慣れた普段着に戻ったのだった。

そのとき、藤之助はほっとすると同時に異人の衣服がいかに機能的か気付かされていた。とくに革靴は履《は》きなれると草鞋《わらじ》や草履《ぞうり》の比ではないと思った。

(これが異国と日本の差だ)

「お待たせ致しましたな」

と太郎次の声がして、戸が開かれた。

行灯《あんどん》の明かりが点《とも》され、土間と板の間が浮かび上がり、太郎次と同じくらいの年頃の男が藤之助に、

「ご苦労でございますな」

と労《ねぎら》いの言葉をかけてきた。

「座光寺様、茂木の網元三郎平《あみもとさぶろべい》さんでございます。こっちは伝習所の剣術教授方座光寺藤之助様でございますばい」

太郎次の紹介の言葉に、

「三郎平どの、夜分迷惑をかける」

と藤之助が頭を下げた。

「こん方が長崎ば騒がす剣術の先生ですな、なかなかの偉丈夫《やっとう》ですたいね」

「三郎平さん、異人並みの体が問題じゃなかぞ。座光寺様の肝っ玉はなかなか太かてくさ。この度胸に奉行所も唐人も会所もきりきり舞たいね」

三人は囲炉裏端《いろりばた》に腰を下ろした。

「惣町乙名、なんがあったとですか。こげん夜中に茂木湊くんだりまで足を伸ばされてくさ」

三郎平が囲炉裏の埋火《うずみび》を火箸《ひばし》で掻《か》き出しながら、用件を話すように催促した。

「おお、夜中に座光寺様ば連れて茂木に物見遊山に来たわけではなかたいね」

と前置きした太郎次が、茂木生まれのおきねの身請け話と出島の商館員コリネウスの失踪の二つの騒ぎを語った。

その間に埋火の上に粗朶《そだ》が加えられ、炎が上がっていた。

「おきねが落籍されたちな。こん茂木にもたい、阿蘭陀行きになったたちゅう話は伝わっておりましたもん。ばってん、身請けされたらされたで話は茂木まで伝わってきまっしょうが、一向に聞こえてきませんな」

「三郎平さん、それがくさ、たしかに身請けされて丸山を出ておりますもん。茂木には帰っておらんち言いなさるな」

「おきねが戻ったらたい、小さな浜じゃあ、すぐにも分かろうもん」

「いかにもさようでっしょうな」

太郎次がしばし沈思し、

「おきねの周りに総太郎という名の若い漁師がおろうか」

と聞いた。

藤之助は引田屋で聞き知った総太郎の年恰好《かっこう》や風采《ふうさい》を告げた。

「そげん男は茂木にはおらんな」

「ちゅうことは、総太郎は別口やろか」

と太郎次が自問するように呟《つぶや》き、藤之助を見た。

藤之助の返事を前に三郎平が言い出した。

「太郎次さん、茂木の浜から北東に山道を越えたどんづまりの浜が、太田尾《おおたお》ちゅう辺《へん》鄙《ぴ》なとこたいね。そん浜におきねの妹が嫁に行ったがくさ、ひょっとするとそん亭主が総太郎じゃなかろうかねえ」

「三郎平さんはおきねの妹の亭主ば知らんね」

「おきねが丸山に身売りするような家たい。妹のよねは女郎に売られんだけ幸せたいね、ばってん、祝言《しゅうげん》をするような話じゃなか。風呂敷一つで峠を越えて嫁に行った、それだけたい。亭主がどげん顔ばしちょるか知りまっせん」

太郎次が藤之助を見て、藤之助が傍《かたわ》らに置いた藤源次助真《とうげんじすけざね》を引き寄せた。

「これから行きなはるな」

「三郎平さん、騒がせたが事情も事情、一刻を争いますもん。阿蘭陀商館にも長崎奉行所にもこれ以上迷惑がかからん道は、コリネウスがおるかどうか突き止めることたい」

「惣町乙名、ならばお供致しまっしょ」

と三郎平も腰を上げた。

四半刻後、太郎次と藤之助は漁《いさ》り船《ぶね》に乗り込み、茂木から太田尾を海上から目指していた。むろん艪《ろ》を握るのは三郎平だ。

夜間とはいえ、三郎平にとっては慣れた海だ。星明かりで陸地との距離を測りながら橘湾の西海岸を北東に進んだ。

浜にぽつんと明かりが見えた。

「飯香《いか》ノ浦《うら》の明かりでっしょ。太田尾はさらに狭くて険しい山道半里、その先はどこへも行けません。もしですたい、おきねがコリネウスと話し合い、二人の隠れ家に太田尾を選んだとしたら、これ以上の場所はございまっせん」

「茂木ほどの集落かな」

「いえ、漁師が数軒、だれもが親戚にございますもん。おきね次第ではコリネウスと暮らせんことはございますまい」

東に突き出た小さな岬を回り込んだ。すると海に山が迫り、小さな浜が見えた。

「あれが太田尾ですもん」

藤之助は漁り船に立ち上がり、暗く沈んだ浜を見た。

明かり一つない、海に落ち込むように断崖下に家並が数軒寄り添って建っていた。

「阿蘭陀人がこの浜で暮らせようか」

藤之助が思わず呟いていた。

そのとき、藤之助はだれかに見られているような感じを受けた。

星明かりで浜から山へと視線を移しながら見ていった。

どこにも人の気配はないように思えた。だが、たしかにだれかが近付く船を気にしていた。

浜に十数丁と接近したとき、藤之助は視界にその気配を捉《とら》えていた。

太田尾の浜の東に絶壁が立ち塞がり、その下に大きな岩場が海との間にあった。海面からの高さは二丈ほどか。

だれかが岩場に伏せて、遠眼鏡かなにかでこちらの様子を覗《うかが》っていると思った。

「座光寺様、なんぞ訝《いぶか》しゅうございますな」

「だれぞに見張られておるようだ」

太郎次が立ち上がり、藤之助の傍らからその視線を辿った。

その岩場まで海上半里となった。

「三郎平さん、船を向けてくれんね」

「へえっ」

漁り船が方向を転じた。

藤之助が岩場を凝視《ぎょうし》し続けていたが、そよっ
とも動かない。

太田尾の浜の沖合を岩場に接近していった。

三丁と岩場に船が近付いた。

殺気が走った。
「太郎次どの、三郎平どの、しゃがんでおられよ」
太郎次が漁り船に座り、三郎平も腰を下ろして艪を操った。
二丁を切った。さらに岩場に近付いた。
岩場の一角に白い煙が上がり、閃火《せんか》が走った。
藤之助は身動きもしない。
ぴゅーん
弾丸が藤之助の鬢《びん》を掠《かす》めるようにして後方に飛び去った。
不動の藤之助を狙い、命中させようとして撃った銃弾ではなかった。
警告だ。
そう藤之助は思った。
三郎平が慌《あわ》てて舳先《へさき》を転じた。
(コリネウスがやはりいた、おきねと一緒にいる)
と藤之助は確信した。
岩場から人の気配が消えていった。
「座光寺様、コリネウスめ、鉄砲まで持ち出しておりましたな」

「そのようなことが出来ようか」

「昔ならば考えられまっせん。ばってん近頃はこのご時世たいね、出入りの調べも形ばっかりとなっておりますもん。やろうと思えばできんことはありますまい」

と太郎次が微妙な言い回しで応じた。

「三郎平どの、浜に船を着けてくれぬか」

と藤之助が命じた。

三郎平の漁り船が太田尾の浜に向けられた。

四

粗末な住まいと船小屋が混在した、小さな集落だった。

三郎平はその中でも一段と小さな家に二人を案内すると、

「竹松さん、茂木の三郎平じゃがのう。夜分、邪魔をする」

と入口の扉を押し開いた。

囲炉裏の火がちょろちょろと燃えていた。

三郎平が囲炉裏の燃える火で持参した提灯に明かりを点《とも》した。すると囲炉裏の切ら

れた板の間と奥に筵《むしろ》が敷かれた部屋が、
ぼおっ
と浮かび上がり、囲炉裏端の綿入れが動いて髭面《ひげづら》の男が飛び起きた。

「すまねえ、竹松さん。茂木の三郎平たい」

この家の主か、しばし呆然とした表情で突然の深夜の訪問者を見ていたが、

「なんの用事やろか」

と呟くように聞いた。さらに竹松の傍らから蓬髪《ほうはつ》の女が起きてきた。竹松の女房のいさだった。

「茂木からよねがこん家に嫁に入ったやろが」

筵を敷かれた部屋の暗がりがごそごそと動き、若い女と男が這《は》い出すように囲炉裏端に姿を見せた。若い女は普段着の襟《えり》を片手でしっかりと押えるようにしていた。年の頃は十八、九か。丸顔には愛らしさと暮らしの苦労が綯《な》い交ぜにみられた。よねの傍らの男は亭主だろう。がっしりとした体格で陽に焼けた顔から漁師であることが見てとれた。

「よねにございます、網元」

「徳次《とくじ》と嫁のよねやけんど、茂木の網元」

主の竹松も言葉を添えた。

「よね、こん二人は長崎会所の惣町乙名と、伝習所の剣術の先生たい。わざわざ夜中に太田尾くんだりまで来なはった理由じゃが、心当たりはなかね」

よねの顔に怯《おび》えが走り、顔を横に振った。

「よねさん、こげん夜中に驚かしてすまんね。わしが長崎江戸町惣町乙名の椚田太郎次たい。おまえさんの姉様のことで太田尾まで来たとです」

「あねさまのことで」

よねが緩慢な口調で太郎次の言葉を繰り返した。

「ああ、丸山に身売りしたおきねのことたい。おきねと近頃会うておらんな」

よねが激しく顔を横に振った。

「おきねが身請けされた話は承知じゃろうね」

「知りまっせん、網元」

三郎平が、

「竹松さん、ちぃと上がらせてくれんね」

と板の間に上がった。そして、手にしていた提灯を奥の部屋に突き出した。

若夫婦が寝ていた夜具の他、人のいる様子はなかった。だが、明かりは部屋の隅の粗く織られた布包みを捉えていた。

「ゴロフクリンやね、太田尾には珍しか品たいね」

と太郎次が呟くように言った。

竹松一家に恐怖が走った。

ゴロフクリン、正しくはゴローフ・グレーンと呼ばれる粗布だ。葡萄牙人はゴルゴラン織と呼び、南蛮からの渡来品であり、上方江戸に運ばれ、打掛、羽織、合羽、女帯などに利用されて珍重された。

「三郎平さん、もろうたとです」

竹松が叫んだ。

「もろうたとな、だれからやろか、異人じゃなかろうね」

三郎平が奥の部屋に入るとゴロフクリンを、
ぱあっ
と剝《は》いだ。するときちんと折り畳まれた更紗《サラサ》、ビロウド、羅紗《ラシャ》などが姿を見せた。

「竹松、こんだけの品、一財産たいね。抜け荷でもせんと手に入らんばい、どげんしたとな」

三郎平が奥の部屋から板の間に戻ってきて竹松を睨んだ。

竹松の顔が伏せられ、よねがぶるぶると身を震わせた。

「竹松さん、わっしらはこん家に迷惑ばかける気はございまっせん。ばってん、身請けされたおきねが阿蘭陀人と一緒にこの太田尾におるならたい、ちいと厄介《やっかい》たいね。正直話してくれんやろか。いくらでも相談には乗るたい、どうな、よねさん」

太郎次の事を分けた話にだれも答えない。

ひえっ

と竹松の女房が悲鳴を上げて泣き出した。

「竹松、こん家には徳次んほかに弟がおったやろな」

ふいに思い出したように三郎平が聞いた。

「長吉《ちょうきち》ですな、長崎に奉公に出ちょります」

「なかなかの男前やなかったか」

「おきねを身請けした男は長吉と違うな」

「網元、長吉がなんでよねの姉ば身請けせんといかんのですか」

「阿蘭陀商館員のコリネウスと一緒になるためやろな、竹松、長崎ん人方にはもうコリネウスとおきねの企てはばればれたい」

と三郎平が言い、

「こん家に迷惑がかからんように江戸町惣町乙名が遠出してきた意味ば考えない」

と諭《さと》すように言った。

がばっ
とよねが板の間に両手を突き、

「親父様、おっ母様、これ以上、姉ちゃんのことで迷惑ばかけられまっせん」

と悲痛な叫び声を上げ、徳次が、

「よね」

と震える体を抱いた。

「悪いようにはせんたい、この太郎次に任せちょくれ」

と太郎次がさらに言いかけた。よねが顔を上げ、

「惣町乙名、すいまっせん。姉ちゃんと異人さんがこん村におります。姉ちゃんば身請けしたのは義弟の長吉さんが手伝いました」

と叫んだ。

「分かった、よねさん。悪いがくさ、おめえさんが姉様と異人のいる場所まで案内してくれんね」

よねが意を決したように顔を縦に振った。

よねを道案内に太郎次と藤之助は、太田尾の集落を出ると浜の北側に広がる岩場へと辿った。

三郎平は竹松の家に残ることになった。なにがあってもいいように用心のためと竹松一家を見張るためだ。

よねの草履がぴたぴたと鳴り、岩場を上がっていく。

「よねさん、いつごろからこん話は持ち上がったとな」

太郎次が先を進むよねに問うた。

「三月前くらいやろう。長崎に奉公に出とる長吉さんが太田尾に戻ってきて、親父様と徳次さんと長いこと話しておりました、そんときからの話やろうと思います」

「おきねが異人の金子で身請けされて、この地で暮らすことをおめえさんの一家は承知したとね」

「太田尾で暮らすんじゃありまっせん。こん浜で南蛮式の船ば造り、姉ちゃんと異人さんは異国に行く約束じゃったとです」

「コリネウスはそんな才を持っていたとな、知らんかったばい」

「徳次さんと私も誘われました。惣町乙名、浜の暮らしを見たでっしょうが、魚ば捕ってかつかつに生きるだけの暮らしですもん」

藤之助の前を行く太郎次の頭が上下して頷いた。

「ばってん、徳次さんと私は何度も話し合うてこん太田尾に残ることにしたとです。どこにいこうと極楽などございまっせん」

とよねが言い切り、

「惣町乙名、姉ちゃんは、どうなりますとやろか」

と足を止めて後ろを振り返った。

「だれから出た金やろとおきねは一旦《いったん》丸山を出た体たい。コリネウスが出島を抜けた手伝いをしちょらんちゅうなら、どうとでもなろうもん。ばってん、コリネウスは阿蘭陀船に乗るしか助かる道はなか」

「姉ちゃんと別れ別れですか、惣町乙名」

「そいが二人が生きられる、ただ一つの道たい」

と応じた太郎次が、

「おきねとコリネウスは惚れ合うておったとやろね」

よねが大きく頷き、再び歩き出した。

岩場の上に三人が辿り着いたとき、夜明けが近いことを示して千畳敷の岩場にうっすらとした微光が差し込んだ。

岩場にぶつかる波が時折、
どんどーん
と響き渡った。

西から北にかけて千畳敷の背後に切り立った断崖が聳《そび》えていた。断崖にはいくつも亀裂があって隠れ潜む場所には事欠きそうになかった。

「洞窟に隠れておるとね」

太郎次の問いに首肯《しゅこう》したよねが、

「姉ちゃん！」

と大声を張り上げた。

潮騒によねの叫びは吹き飛ばされたか、だれも姿を見せる様子はなかった。

「姉ちゃん、よねばい！　話があるたい！」

それでもだれも答えず、波が砕ける音だけが響いていた。

千畳敷に微光が走った。

「姉ちゃん！」

三度目の叫びに断崖の一角から女一人が蹌踉《そうろう》と姿を見せた。

「姉ちゃん、異人さんば長崎会所ん方が迎えに来とらす」

「嫌じゃあ！」

おきねから拒絶の言葉が吐《は》き出された。

もう一つ影が見えた。異人にしてはそう高くない男が鉄砲を構えておきねの傍《かたわ》らに立った。

藤之助らとの間には二丁ほどの距離があった。

「姉ちゃん、それしか生きる道はないと。阿蘭陀船も異人さんを乗せるために待っとらすげな」

「嫌たい、コリネウスと一緒に異国に行くたい、これ以上構わんでくれんね」

「おきね、異人が出島を抜けることがどんなこつか、おまえも阿蘭陀行きの遊女、知らんわけじゃあるまいが」

太郎次が叫んだ。

ばーんばーん！

コリネウスが狙いもせずに立て続けに引き金を引いた。弾丸が藤之助らの頭上を越えて飛び去った。

太郎次が何事か、阿蘭陀語で叫んだ。するとコリネウスが短く叫んだ。

「座光寺様、来るなら殺すと言うちょります」

よねが不意に岩場を姉らに向かって走り出した。

藤之助は腰の大小を抜くと太郎次に渡した。そのとき、片手を懐に突っ込んだままにした。

「太郎次どの、相手を刺激せぬほうがよい、ここで待って下され」

と太郎次に願った藤之助はゆっくりとよねの後を追った。

どんどーん

と波が岩場に押し寄せて砕ける波音だけが千畳敷に響いていた。

コリネウスは藤之助の動きを見ながら銃弾を詰め替えた。

藤之助が一丁と歩み寄ったとき、よねがおきねの近くに走り寄り、激しくも言葉の応酬をし合った。

コリネウスが鉄砲を構え、藤之助に警告を発するように何事か告げた。藤之助には言葉は分からなかったが、

「これ以上近付けば撃つ」

という意思だけは伝わってきた。

両者の距離は半丁を切っていた。

コリネウスが狙いを定めて引き金を引いた。

藤之助は歩みを止めなかった。その頭すれすれに、

ひゅん

と音を立てて弾丸が通り過ぎた。

射撃の達人コリネウスは最後の警告を発したのだ。

朝の光が橘湾の向こうから上がった。

千畳敷の対決の全貌を見せた。

番《つがい》の海鳥が、

きいっ

と鳴いて岩場から飛び上がった。

藤之助は十数間と接近していた。

「コリネウス、そなたのことを思うてのことだ。ここは大人《おとな》しく船に戻らぬか、時代は大きく変わっておる。そなたの国だけではない、この国も変わる、変わらざるをえまい。そなたが一番承知であろう。そのとき、必ずやそなたとおきねは再会できよう。今無理をするのがよいか、そのときを待つか」

藤之助の宥《なだ》め諭す言葉をコリネウスがどこまで理解するか分からなかった。だが、話し続けながら間合いを詰めた。

「トマレ、クルナ！」

コリネウスが髭に覆われた顔を歪《ゆが》めて叫んだ。

藤之助は動きを止めた。

両者の間合いは六間と迫っていた。互いの目の色や動きまで確かめられる距離だ。

齢は三十前後か。いや、見掛けよりも若いかもしれぬ、と藤之助は思った。

「コリネウス、どうするね」

おきねがコリネウスに哀願するように問うた。

「オキネサン、フネニハカエラン」

コリネウスが応じると鉄砲の狙いを藤之助の胸に定めた。

藤之助とコリネウスは互いの顔の表情を読み合い、無言の会話を続けた。

コリネウスの目は、

「邪魔する者を撃ち殺してでも、おきねと異国へ逃れる」

と告げていた。

「そなたと相戦う理由はないのだぞ」

藤之助が静かに応じたとき、コリネウスの引き金に力が加わった。

咄嗟《とっさ》に藤之助は横手に体を投げ出した。同時に懐の片手を抜き出し、摑んでいた小鉈を捻り様《ざま》にコリネウスに向かって投げ打った。
ずーん
と接近したせいでくぐもった銃声が響き、身を投げた藤之助の左袖を銃弾が掠《かす》めて飛び去った。
コリネウスの鉄砲の銃口が藤之助の動きに合わせて狙いを変えられようとした。だが、引き金を引く力は残されてなかった。
藤之助が投げた小鉈がコリネウスのがっちりとした喉元に突き立っていたのだ。
ぐえっ
がっしりとした体が後方によろよろとよろめき、それでも必死の形相で引き金を引こうとした。だが、鉄砲がその手から、
ぽろり
と落ちて岩場で音を立てた。
藤之助は岩場に倒れ込み、身に激痛が走った。それを堪《こら》えて立ち上がった。
その視界に、
ゆらゆら
と揺れるコリネウスが喉元に突き立った小鉈を最後の力を振り絞って抜き取ったの

が見えた。血飛沫《ちしぶき》が、

ぱあっ

と舞い散り、コリネウスの体から一気に力が抜けたか、尻餅《しりもち》を突くように岩場に転がった。

ああ!

おきねの悲鳴が上がった。

コリネウスの体が細かく痙攣《けいれん》して、ことり、と動かなくなった。

藤之助はおきねを見た。

おきねもまたコリネウスを見ていた視線を藤之助に向けた。

怒りとも憎しみとも哀しみともつかぬ眼差しだった。夢を摑みかけた女が最後に奈落に落とされた絶望の目だった。

「許せ、これしか……」

おきねは藤之助の言葉を最後まで聞かずいきなり振り向くと断崖に向かって走り出した。よねが、

「姉ちゃん!」

と叫びながら袖を摑んだ。だが、おきねは妹の手を振り払うと千畳敷の岩場の縁に

走り寄り、迷いも見せずに海へ飛んだ。

「コリネウス！」

着物の裾《すそ》を風に翻《ひるがえ》したおきねの悲鳴と姿が、今しも断崖にぶつかり砕けた波飛沫の中に消えた。


翌日の昼前、長崎出島の船着場に荘重な楽の音が奏せられて、ざくざくという靴音とともに同僚らに担がれた棺が水門を出て、船着場に待つ艀《はしけ》へと積み込まれた。病死した阿蘭陀商館下級商務官ヨハン・コリネウスの亡骸《なきがら》を乗せた艀が船着場を離れると、音楽隊が悲しみの調べから勇壮な曲へと演奏を変えた。

異郷の地で死んだ勇者を讃える調べだった。

水門から長崎奉行所の出島担当与力が姿を見せた。コリネウスを検死し、それが当人であることを確かめたのだ。だが、喉元の傷には一切触れられなかった。

阿蘭陀商館長と長崎奉行が暗黙に了解したことだった。

そんな光景を藤之助は太郎次が漕《こ》ぐ小舟から見ていた。

「座光寺様、嫌な思いをさせましたな。これでまた長崎は座光寺様に借りが出来ました」

藤之助はなにも答えない。

二人が茂木から太田尾に行っている間に出島ではコリネウスの出島脱出を手助けした阿弗利加《アフリカ》マダガスカル島から連れてこられた黒人の小者が洗い出されて自白し、早々に阿蘭陀船へと乗せられて国に強制的に帰国させられる手続きを終えていた。

コリネウスを乗せた艀が阿蘭陀交易帆船ザイヘル号の舷側に横付けされて、棺が船に積み込まれた。船の碇《いかり》が上げられると船と出島から同じ調べが演奏された。

阿蘭陀国歌だ。

三本の帆柱に次々に帆が下されて風を孕《はら》んだ。

海路一万三千余里の果てに向かって二隻の交易帆船は進み出した。

「座光寺様、この騒ぎ、長崎奉行所の長崎犯科帳にも会所の帳簿にも一切記載されることはございまっせん」

藤之助の耳にばたばたという馴染みの音がした。

玲奈が操船する小帆艇レイナ号が太郎次の小舟に横付けされて、玲奈が無言で藤之助を見た。

「座光寺様、玲奈嬢様の小帆艇にお行きなされ」

と太郎次が船を乗り換えるように言った。

藤之助はレイナ号へと飛び乗った。するとレイナ号は今しも長崎湾口に向かい始めた二隻の阿蘭陀交易船の追走を始めた。

第五章　十郎原《じゅうろうばる》の決闘

一

藤之助《とうのすけ》と玲奈《れいな》は肩を寄せ合い、二隻の阿蘭陀《オランダ》交易帆船が伊王島《いおうじま》の真鼻《まばな》の北を掠《かす》めて五島《ごとう》列島福江島《ふくえじま》の方角に消え去るのを見ていた。
ザイヘル号は見送りに出た小帆艇《しょうはんてい》レイナ号の気持ちを理解したか、操舵輪にある鐘を、
かんかんかーん
と鳴らした。
別離の、そして、弔鐘の音だった。
玲奈の腕が藤之助の体に回され、力が込められた。

「玲奈、先に能勢隈之助《のせくまのすけ》を見送り、此度《こたび》はヨハン・コリネウスの亡骸《なきがら》を送る羽目になった」

「日本という国が必死に足掻《あが》いているのよ。これからも犠牲者が増えるわ」

「われらが旅立つとき、大手を振って船旅ができる時代が到来しているであろうか」

「藤之助、玲奈と一緒に異郷に行こうというの」

「嫌か」

「思いもかけなかったわ。悪い考えではなかたいね。ばってん、藤之助と二人なんばしにいくとやろか」

長崎訛《なま》りに本心を紛《まぎ》らせた玲奈が自問した。

「そなたの父上の国を訪れるのもよかろう」

「イスパニアね」

と応じた玲奈が真顔に戻った。

「その前に大きな騒乱があるわ。長崎会所どころか徳川幕府そのものが崩れさるわ」

藤之助は静かに頷《うなず》いた。

長崎に来て激動する国際情勢を知らされた。島国とはいえ徳川幕藩体制がこのまま続くことはありえないと確信を得ていた。

その折、直参《じきさん》旗本交代寄合《こうたいよりあい》伊那《いな》衆座光寺《しゅうざこうじ》家《け》の責務をいかに果たすか、藤之助に課せられた使命だった。海外に出ることなど騒乱に決着がついた後のことだろう。それは藤之助にも分かっていた。

「玲奈、騒乱の時代を生き抜くぞ。生きてわれら二人は異郷に出る」

玲奈の答えは藤之助と唇を重ね合わせることだった。

「藤之助、牢問いの信徒が次々に死んでいくわ」

と三番崩れで捕まった十五人の悲報を告げた。

「国が変わりいくときとはいえ、なぜかくも血が流れ、犠牲がでるのか」

藤之助はそう言いつつも自らが騒乱の渦中にあることに気付かされて慄然《りつぜん》とした。

一年前、伊那谷《いなだに》山吹《やまぶき》領で無心に剣術の稽古《けいこ》に明け暮れていたことが百年も前のことのようだと思った。

「藤之助、悪い話ばかりではないわ」

「なんぞ喜ばしき話があるか」

「萩藩《はぎはん》の大林《おおばやし》様と山根《やまね》様が儀右衛門《ぎえもん》らの下で修学なされ始めたの。爺《じい》様が添え状を認《したた》められて萩藩に願われたから、そのうち国許から長崎逗留《とうりゅう》延期の許しもくると思うのだけどね」

「高島家には大砲やら鉄砲に詳しい人材がおられる」

「うちで分からなければ伝習所の阿蘭陀人教授も控えているわ」

「今は幕府だ、大名家だと言うておる場合ではないでな」

「そういうことよ」

玲奈が舵棒《かじぼう》を回した。長崎に戻るのだ。

もはや西の海に阿蘭陀交易帆船の船影はなかった。

「昼餉《ひるげ》は摂《と》ったの」

「いや、まだじゃ」

小帆艇には食事の用意があるとも思えなかった。

玲奈は心当たりがあって藤之助に問うたと思えた。だが、行き先のことを口にはしなかった。

レイナ号は秋晴れの空の下を海鳥が風に乗って滑空するように軽快に波を切って進んだ。

玲奈が藤之助を誘ったのは稲佐《いなさ》の浜だ。えつ婆《ばあ》がレイナ号に気付いたか、稲佐の船着場に姿を見せた。

「玲奈嬢様、今日は山か浜かねえ」

稲佐の浜ではえつが茶店を開いていた。そして、娘のおけいが稲佐山の頂の大きな田舎家に住んで、長崎の通人相手に酒と料理を供していた。

「山にするわ。おけいに運んでいくものはある」

縮帆作業をしながら玲奈が叫び返した。

「朝、荷担ぎを出したでなにもなかたい。嬢様、ぶらぶらと二人で山道を行きなせえよ」

藤之助が船着場に飛び、レイナ号を係留した。

長崎の対岸をその昔、浦上淵村《うらかみふちむら》といった。淵村を支配したのは志賀《しが》氏だ。志賀氏は豊後《ぶんご》の大友《おおとも》氏の一族できりしたんであった。

淵村は寺野、竹ノ久保、稲佐、平戸小屋、水ノ浦、瀬ノ脇、飽《あわ》ノ浦《うら》、岩瀬道、立神《たてがみ》、西泊《にしどまり》、木鉢、小瀬戸の各郷があった。

稲佐は淵村の郷の一つに過ぎなかった。地名は稲佐氏が土地の豪族として悟真寺《ごしんじ》付近に屋形を構えていたことに由来する。

その背後の山を稲佐山と呼び、地形によって、まみだけ、猿のぞき、たていわなどと呼称されたという。

二人が登る山道の左右には銀色の波が揺れていた。

芒《すすき》の穂だ。

路傍には柿の木があって熟した実を鳥たちが突いていた。二人が歩を進めるごとに長崎の海と町が眼下に広がり始めた。

「この地はいつきてもパライソじゃぞ」

「伊那谷はどんなところ」

「田舎じゃあ、山と川しか望めん。長崎は別世界かな。おれには江戸より居心地がいい」

「長崎に惚《ほ》れたもんね」

「玲奈に惚れたのかもしれぬ」

「伊那の山猿が近頃は腹にもなか言葉ば抜かすたいね」

山道が折れ曲がり、おけいの住いが長閑《のどか》な陽射しの中に見えてきた。庭では山羊《やぎ》が草を食《は》み、鶏が餌《えさ》を啄《つい》ばんでいた。

きいいっ
近くの頂から野猿の叫び声がしたが家畜は驚く風もない。

「おけい」

玲奈の呼びかけに白地の絣《かすり》を着た女が姿を見せて、

「座光寺様、玲奈様、そろそろお二人が見えてもよいころとお待ちしておりました」

と笑みの顔で迎えた。

「美味《おい》しいものを食べさせて」

二人は母屋には上がらず蜜柑《みかん》畑の道を進んだ。そこに玲奈の隠れ家の洋館が建っていた。

洋館の窓は開け放たれて、風が吹き通っていた。

藤之助が久しぶりに訪れた洋館の居間から対岸の長崎を望遠していると、

「藤之助、こちらにおいでなさい」

と隣室のアトリエから玲奈が呼んだ。

玲奈は見慣れない酒罎《さかびん》と細いグラスを用意して、

「父の国イスパニアで英吉利《イギリス》人らが作るシェリーという葡萄酒《ぶどうしゅ》の一種よ、試してご覧なさい」

薄く細いグラスに酒を注いだ。

藤之助はグラスの酒精を空に翳《かざ》した。薄い琥珀色《こはくいろ》がかった液体がたゆたっていた。

「白か」

藤之助が口に含むと白葡萄酒よりも糖度も強く、きりりとした味わいの酒だった。

「これは贅沢《ぜいたく》な白かな」

「シェリーの風味が分かるとはもはやおぬしを伊那の山猿とは呼べないわね」

玲奈は三脚の上に木枠に粗布を張ったものを立て、木炭と思えるものを手にした。

「藤之助を描いてみるわ。自慢の藤源次《とうげんじ》助真《すけざね》を構えてご覧なさい」

「抜き身でか」

藤之助はグラスを傍《かたわ》らの卓に置くと助真の鞘《さや》を払い、斜めに構えてみた。

「なんだか藤之助らしくないな」

玲奈はあれこれと藤之助に注文をつけて構え直させたが、どれも気に入らぬ様子でしばし考え込んだ。そして、

「いいわ」

と己《おのれ》に言い聞かすように言うと、

「鞘に収めた助真を体の前に立てて私のほうを、きいっと鋭い眼差しで見据《みす》えてみて」

と命じた。

藤之助は両足を開き気味に立つと助真の柄頭《つかがしら》を右手の掌《てのひら》で押さえ、左手は脇に垂らして玲奈を睨《にら》んだ。

「力み過ぎね、いつもの藤之助らしくないな。右手に左の手も添えてみて、肩から力を抜いてそうそう。そして、目は私を睨むのじゃなくて、遠いところを見るような眼差しよ」

「遠いところを見るとな、長崎の町を見下ろすか」

「違うわ、藤之助。もっと遠くよ、長崎や日本の百年後を見詰めるような眼差しをしていると言っているの」

藤之助はようやく玲奈の意図するところを理解した。それにしても、

(百年後の長崎や日本を見詰めよとは……)

「玲奈もそれがしも生きてはおらぬ時代を見詰めよと申すか」

「私たちが今を生きているのはなんのため？　百年後の人のために役立つものでなければならないわ」

「いかにもさようだ」

藤之助は遠い未来の光景を脳裏に浮かばせようとした。だが、曖昧《あいまい》な像しか結ばなかった。それでも玲奈が、

「そう、それよ」

と得心したように言うと木炭を素早く動かし始めた。

四半刻後、おけいと小女が盆に料理の数々を載せて運んできた。

「おや、本日は座光寺様が玲奈様の犠牲になられましたか」

料理を円卓に並べたおけいが画布を覗《のぞ》き込み、

「玲奈様、ようも座光寺様の風采《ふうさい》を捉《つか》まえなされましたな。大きな気構えが画布に溢《あふ》れておりますたい」

と褒《ほ》めた。

「座光寺藤之助為清《ためすが》、いろんな貌《かお》をお持ちで一つの像に纏《まと》めるのは難しいわ。私と藤之助が出合ったときの印象を思い出して描いているの。これでいいのかどうか自信がないな」

と呟《つぶや》いた玲奈が手の動きを止めて、画布に白布を被《かぶ》せた。

「藤之助、少し休みましょう。シェリー酒を飲んで喉を潤《うるお》し、昼餉《ひるげ》を食べてからもうひと頑張りお願いね」

「描かれる当人には見せぬのか」

「今はだめ」

玲奈があっさりと断わった。

おけいがこの日用意してくれた料理は鶏、ごぼう、にんじん、昆布、蒟蒻《こんにゃく》の煮物、イカを輪切りにして粉を付け、油で揚げたもの、蓮《はす》の酢漬け、唐あく粽《ちまき》の馳走だった。

二人はシェリー酒を飲みながら、おけいの丹精した料理を堪能《たんのう》した。

「藤之助、もうしばらく我慢できる」

藤之助は再び玲奈の注文どおりの構えで立った。

「お腹が満たされたせいで目が死んでいるわ。最前のように挑むような眼差しで遠くを見詰めて」

「こうか」

何度も直されてようやく構えが決まった。

「玲奈、今日じゅうに出来上がるのか」

「今日なんとかかたちになるのは藤之助の素描よ。絵の具を塗って完成するには何ヵ月もかかると思うわ」

「素描は見てはならぬのか」

「見せてあげるからもう黙って」

再び四半刻画布に玲奈の手が走る動きを目の端にとめながら不動の姿勢を取り続けた。

「さすがに剣術の達人だわ。構えが決まると微動もしないものね」

玲奈が手の動きを止めて、藤之助を自らの傍らに呼んだ。

藤之助は画布の自分と対面した。

「これが座光寺《ざこうじ》藤之助か」

「私が思い描く藤之助の風貌よ、どう」

藤源次助真の柄頭を両手で押えて少し半身の姿勢で立つ藤之助の貌は、確かに遠くを見る眼差しをして描かれていた。潮風を受けて帆走してきたせいで鬢《びん》から髪が乱れて立っていた。それが激動の時代を生きる、荒々しいまでの青年武士の魂を表現していた。右肩にいつしか力が入ったようで怒り肩になっていた。それもまた若者の気概《きがい》を表していた。

されど、藤之助の目は百年後を見据えているか。眼差しには迷いも伺《うかが》えた。それが藤之助の、

「現在《いま》」

を表現していた。

「おれであっておれではないようだ」

「そうね、ただ今の藤之助の体を借りて絵の中の風雲児が私たちの未来を見ている

の」

「絵とは難しいものだな」

「私の技量ではこんなところかな」

「数年後か、十年後か、それがしが見詰める眼差しの先にある世界を玲奈、おれたちはこの目で見ることになるか」

「それが先かもね、私が想像して描く絵の世界よりも現実が早く進んでいるものね」

玲奈が藤之助に体を寄せると唇を求めた。

藤之助は伝習所剣道場の夕稽古《げいこ》に間に合った。

稽古着の藤之助が剣道場に入っていくと見知らぬ二人の武芸者がいた。

「お手前方は」

「長州《ちょうしゅう》の猪瀬肇《いのせはじめ》」

「同じく空知《そらち》五郎《ごろ》兵衛《べえ》」

と名乗った。

藤之助は、二人が長州藩と名乗らなかったことに気付いていた。

「なんぞ御用かな」

「そなた、大林理介《おおばやしりすけ》と山根荒三郎《やまねあらざぶろう》をこの長崎に匿《かくま》っておろう。どこに隠したか申されよ」

「大林理介、山根荒三郎とな、知らぬな」

「虚言を吐《は》くでない」

空知五郎兵衛と名乗った武芸者が叫んだ。

「長州の、と申されたが、そなたら吉田松陰《よしだしょういん》どのの松下村塾《しょうかそんじゅく》となんぞ縁の者か」

「そのほう、松下村塾を承知か」

「ただ塾頭と塾名を承知なだけだ」

「われら、攘夷《じょうい》の思想の下にわが国土に侵入せんとする夷狄《いてき》を討ち果たすべく参集した浪士である」

「外国列強の軍事力、科学力はただ今のわれらと比較にもならぬほど強大かな。そなたら、刀剣で立ち向かい、追い払うと申されるか」

「清国の二の舞は踏まぬ。われらは朝廷を敬い、異人を打ち払うべく結集した、攘夷の思想を信奉する者である」

藤之助が最近何度か聞かされた言葉だったが、付け焼き刃の考えと思えた。

「攘夷とはどのような考えか」

「煩《うるさ》い」

と猪瀬が一喝した。

二人の中にも明確な思想が定まっているわけではないらしい。

「そなたら、大音寺《だいおんじ》に逗留《とうりゅう》しておられる浪士団の一員か」

「あれこれと煩い奴よのう。われらの問いに答えよ」

「一度知らぬと申し上げた」

二人が立ち上がった。すでに刀の柄に手を掛けていた。

「考えが受け入れられぬとなると斬るか」

「斬られるのが望みなれば斬る」

そのとき、伝習生や候補生が夕稽古に姿を見せて、三人の対決に足を止めた。

藤之助は酒井栄五郎《さかいえいごろう》を認めると、

「栄五郎、木刀を頼む」

と願った。

栄五郎が剣道場の壁に掛けられた木刀を一本選ぶと藤之助に歩み寄り、

「だれだな」

と聞いた。

「長州から見えられた御仁《ごじん》のようだ」

栄五郎が二人の形相《ぎようそう》を読むと、致し方ないという風に壁際に下がった。

「参る」

二人が剣を抜いた。

猪瀬は定寸ながら身幅の厚い豪剣だった。今一人の空知の剣は、反対に刃渡り二尺八寸を超えた長剣だった。

猪瀬は脇構えに、空知は中段に構えた。

二人を等分に見つつ、藤之助は木刀を立てて構えた。

信濃一傳流《しなのいちでんりゆう》の基本、

「流れを呑め、山を圧せよ」

と叩《たた》き込まれた構えだ。

猪瀬と空知の陽に焼けた顔が片方は紅潮し、もう一方は青白く変わった。

阿吽《あうん》の呼吸で二人が同時に踏み込んできた。

藤之助は二人の動きを見つつその間に飛び込んだ。飛び込むと同時に立てられた木刀が左右にハの字に大きくも迅速《じんそく》に振り分けられた。

がつん

という音が二度響いた。

猪瀬と空知の肩甲骨が砕かれた音だった。猪瀬は片膝《かたひざ》を突き、もう一人の空知は床に転がっていた。

猪瀬が必死の形相で立ち上がろうとした。

「ご両者、夕稽古の刻限にござる。退席あれ」

藤之助が命じ、よろめくように立ち上がった空知と猪瀬がふらりふらりと伝習所剣道場から姿を消した。

二

長崎奉行所西支所内に告げる四つの時鐘が鳴り響いた。

そのとき、藤之助は藤源次助真の手入れをしていたが、虫の声が止んだことに気付かされて障子の向こうの庭を睨んだ。

人影を感じたが殺意は漂ってこなかった。

「何者か」

「玲奈様の使いにございます」

「用件は」

「伝習所門外までお出で下され、ご案内申します」

「承知した」

藤之助は手早く仕度《したく》を整え終えた。

伝習所の門番は藤之助が、

「ちと火急の用あり、外出致す」

と呼びかけると、

「座光寺先生は、奉行より総監より多忙な身にございますな」

といつもの皮肉な口調で送り出した。

藤之助が大波止《おおはと》に下っていくと高島家の奉公人が、すうっと寄ってきた。

提灯《ちょうちん》を下げてないところを見ると、どこかで異変が起こったということか。

「玲奈どのになんぞ起こったか」

「いえ、玲奈嬢様ではございません。梅ヶ崎《うめさき》におられた長州藩のお二人がたれぞに呼び出され、蔵屋敷から姿を消したのでございます」

藤之助は胸の中で舌打ちした。

「行方は掴《つか》めたか」

「思案橋《しあんばし》下に死体が投げ込まれているという投げ文が蔵屋敷に届き、儀右衛門《ぎえもん》様の命で玲奈嬢様と座光寺様の下に使いが出され、私がこちらに」

「二人になにもなければよいが」

藤之助の正直な気持ちだった。

二人は夜の長崎を飛ぶように走り、江戸町から西築町《にしつきまち》、東築町《ひがしつきまち》を抜けると中島川《なかしまがわ》に架《か》かる大橋を渡り、西浜町、東浜町で堀にぶつかった。左に曲がれば本石灰町《もとしっくいまち》と鍛冶《かじ》屋町《やまち》を結ぶ思案橋だ。

「思案橋ろくな思案のでぬところ」

思案橋は丸山《まるやま》の悪所に通じる橋だ。地下人ならば、

「いこか、いくめかしやん橋」

元々この橋、シャム橋と呼ばれていたそうな。

延宝《えんぽう》三年（一六七五）、幕府は長崎人島谷市左ヱ門《しまたにいちざもん》に無人島探検を命じた。その際、島谷はシャム型船を造ったがその残り材で架けられた橋がシャム橋だ。

また別の説もあって文禄《ぶんろく》元年（一五九二）、川口橋と呼ばれる橋が完成した。最初土橋であったものが屋根付きの木造橋に替わり、さらに屋根なしの木橋に替わるうちに思案橋と呼ばれるようになったとか。

橋の付近にはすでに御用提灯が右往左往して川から二つの死体を川岸に上げていた。

長崎目付の光村作太郎《こうむらさくたろう》だ。

藤之助は、

「素早い出張《でば》りかな」

とちょっと驚いた。

「ご苦労に存ずる」

「おや、早《はや》伝習所の先生のご出馬か」

ふわっ

という感じで高島玲奈が姿を現し、藤之助に腕を絡めた。藤之助は玲奈の頭に片手をかけて引き寄せた。

その様子を光村作太郎が興味津々に見た。

「まさかこのようなことになるとは思いもしなかった」

後悔を滲《にじ》ませて玲奈が藤之助に言い、

「玲奈、まだご両者と決まったわけではなかろう」

と藤之助が一縷《いちる》の望みを託していった。そこへ光村が加わった。

「高島玲奈様も神出鬼没にございますな。その上、二つの亡骸《なきがら》の身許を承知のようでございますな」

光村が皮肉っぽい口調で言う。

「光村様、長州藩の大林理介様と山根荒三郎様ではないかと案じているの。お二人は、ただ今萩《はぎ》領内で作られている蒸気船の研修にうちに参られていたの」

「長崎奉行所には届けがございませんな」

「光村様、長崎奉行所は届けを受け付けて、なにかをする余裕があるの」

「そう申されれば面倒が一つ増えるだけにござるな」

光村作太郎があっさりと玲奈の反論を受け入れた。

「それにしてもお二方の行動が早い」

「光村様、神出鬼没もなにも、わが家にも投げ文があって駆け付け、暗がりから光村様の御用の邪魔にならぬように見ていたところよ」

と玲奈が答え、

「それがしは高島家からの使いでこちらに」

と藤之助が同じく事件を知った理由を語った。そして、問い返した。

「光村どの、あの二人は斬り殺されたのですね」

「いかにも。見事な一撃で、まず流れに落ちたときには絶命しておったでしょう」

「此度《こたび》も投げ文がございましたか」

藤之助は光村に一連の斬殺事件と同じ手口かと聞いた。

「ござった。馬鹿にしくさって」

と光村が感情を露《あら》わに吐《は》き捨てた。

「長州藩では医学生の柘植養之助《つげようのすけ》どのが被害に遭《あ》っておりますから、もしこの二人がわれらの知り合いなれば三人目の被害ということになりますな」

「阿蘭陀通詞《つうじ》山迫杉内《やまざこすぎない》、天満屋《てんまや》高吉《こうきち》を含めればこれで都合五人の犠牲者が出たことになる」

「確かめてようござるか」

「拝見なされよ」

藤之助は玲奈の腕を解くと河岸道に上げられた二人の亡骸の傍らに歩み寄った。筵《むしろ》が剝《は》がされた。

数日前に梅ヶ崎の蔵屋敷の船がかりで別れた青年武士が恐怖とも驚きともつかぬ表情を残して死んでいた。二人は右肩と左肩を袈裟《けさ》に深々と斬り下げられて絶命していた。

藤之助はその場で合掌《がっしょう》した。

玲奈の悲鳴が背に響いた。

「光村どの、今一度お聞き致す。下手人の斬り口、これまでの三人と同じと考えてよかろうな」

「一致してござる」

「となると過日唐人荷物蔵下の海に浮かんでおった武芸者は下手人ではなかったということになる」

「さよう、座光寺様を待ち受けていた刺客はこの五人の暗殺者ではなかった。座光寺先生の周りにはなんとも多くの暗殺者があることよ」

と洩《も》らした長崎目付光村が、

「元佐賀藩家臣の市橋聖五郎《いちはしせいごろう》が長崎勤番であった時代をそれがし承知しませぬ。なぜならば、市橋氏がこの地にあったのは天保時代、今から十七、八年も前のことだからです。噂によれば渡辺崋山《わたなべかざん》、高野長英《たかのちょうえい》様らが蛮社《ばんしゃ》の獄《ごく》に繋《つな》がれたとき、藩を離れて江戸に出たとか。昔を知る長崎の人間に古い記憶を辿《たど》ってもらいました。すると一人が市橋聖五郎の若き日の剣筋を承知していました。剣を垂直に立てて構え、相手が踏み込んでくるところを肩に一撃強打する、愚直に技を繰り返し稽古していたそうです。

荒々しい技は不安定なれど決まれば凄《すさ》まじい斬撃を相手に与えたとか」

「ほう、以来十七、八年の歳月が流れたか」

と藤之助が呟《つぶや》き、

「必殺剣で人の命は絶つことができても、それぞれの者が心に抱く考えまでは殺せぬ。無益な殺生にござる」

藤之助の吐露《とろ》に光村作太郎が頷きもせず顔を正視した。

「座光寺様はそう考えられますか」

藤之助が光村の目を見て首肯した。

「こちらに参る前に失礼ながら座光寺先生の行動を調べさせた。夕暮れに二人の武芸者が剣道場を訪れ、座光寺先生に勝負を挑んだとか」

藤之助が頷き、

「長州から来た猪瀬肇、空知五郎兵衛と申す二人であった」

「座光寺様によって木刀で打ち据えられ、這《ほ》う這《ほ》うの体で道場から逃げ出したそうな。腕自慢も座光寺先生が相手では不運なだけよ」

「あの者ら、それがしに勝負を挑むのが目的ではなかった」

「と申されますと」

「この二人の動静を教えよとの掛け合いに来たのだ」

光村の目が光った。

「座光寺先生はこの者らを承知なのですね」

光村が二人の亡骸に視線を戻した。

「むろん承知だ。高島家の梅ヶ崎の蔵屋敷で会ったことがあるでな。最前の二人を叩き伏せた代償が大林どのらの死に繋がったと思える」

藤之助の返答に後悔があった。

「大音寺《だいおんじ》の浪士団の一員、でございましょうな」

胸中に思いを抱いた風に光村作太郎が思案橋の近くの寺町を見た。

「まずそう見るのが順当であろう」

「われらがあちらに手を付けるのを宗門御改《おあらため》の大久保《おおくぼ》様が嫌っておられる」

「ほう」

と応じた藤之助が、

「大林、山根両氏の菩提を弔《とむら》わねばなるまい。検死が終わったとあらば大音寺で住職に経の一つも読んでもらおうか」

光村の両眼が見開かれた。

「二人の亡骸を大音寺に運び込まれると申されるので」

「いかぬか」

慶長十九年の春、長崎において南蛮のきりしたん信仰が隆盛を極め、ばてれんらがきりしたんを引き連れて市中を我ものに横行した。

首かせを付けた七、八人の信徒が鎖につながれ、割竹で背を叩《たた》かれながら歩み行き、また磔《はりつけ》にされた者どもを寺へと運び込んだ。これらの寺は、

「テンベンシャ」

と呼ばれ、一日に七百人が、時には千数百人が紫色の衣装を着て、クルスを胸に掛け、クリストの木像を大十字架に磔にしたものを山車《だし》のように引き回して行進をなし、きりしたん信仰の神であるクリストとマリアに帰依《きえ》した。

九州征伐のために筑前博多《ちくぜんはかた》にあった秀吉が長崎を大友《おおとも》氏から取り上げ、公領としたのはこのときのことだ。さらに長谷川左兵衛藤広《はせがわさへえふじひろ》が来崎して、きりしたん信仰に熱狂する長崎人を教導せしめるために大音寺、正覚寺、晧台寺《こうたいじ》、光永寺《こうえいじ》、大光寺五山の五僧、伝与、道智、泰雲、教西、教了らに邪教追放を命じた。それがために長崎のきりしたん信徒は大幅に減じた。

きりしたん信仰の排斥《はいせき》を担《にな》った正覚山中道院大音寺は、浄土宗にして京都の知恩院《ちおんいん》

の末寺であった。

現在の地に移ったのは寛永《かんえい》十八年、松平伊豆守信綱《まつだいらいずのかみのぶつな》が島原《しまばら》の戦《いくさ》に凱旋《がいせん》し、長崎に立ち寄ったとき、銀百枚を賜《たまわ》って建立した。また同時に御朱印《ごしゅいん》を賜り、境内二万三千六百三十坪、寺格は晧台寺と同じで、長崎の三名刹《めいさつ》の一となっていた。

藤之助と玲奈は光村配下の小者を引き連れ、戸板の上に大林理介と山根荒三郎の遺骸を横たえて、鉤《かぎ》の手に曲がる寺町の道に入っていった。

一行は、御朱印を賜る大音寺の石段でいったん停止した。正面に最初の山門が待ち受けていた。

「参る」

光村の配下が黙って頷いた。

七、八段の石段を上がると広場があって、右手に第二の石段が待ち受けていた。石段の上から老松の枝が石段へと差しかけていたが、その大枝から黒々としたものが綱でぶら下げられていた。

「明かりを」

小者の一人は提灯持ちだった。提灯の明かりが老松の枝を照らすと逆さ吊《づ》りにされた猪瀬と空知の骸《むくろ》が浮かんだ。

「なんということを」

玲奈が思わず胸の前で小さく十字を切って祈った。

二つの骸に見下ろされながら第二の石段を一行は上がった。すると正面に正覚山大音寺の楼門が聳《そび》えて見えた。門の左右には四天王の木像が控えて邪《よこしま》な考えを胸に抱いて入ろうとするものを睨み付けていた。

楼門前の広場の右手に影照院が、左手に観音堂、専修院の御堂がひっそりとあった。

藤之助はそれらの建物に一瞥《いちべつ》を呉《く》れて待ち人の気配を確かめた。

玲奈の手が藤之助の腕をぎゅっと握り締めた。

「玲奈、二人の亡骸を守護してくれぬか」

玲奈が今一度力を入れて藤之助の腕を掴《つか》むと離した。

懐手をした藤之助は一行に先立ち、楼門下へと進んだ。すると楼門の暗がりからなにに驚いたか、蝙蝠《こうもり》が飛び出して提灯の明かりの中で右往左往するとどこともなく飛び去った。

弦を引き絞る軋《きし》みを感じたとき、藤之助の懐の手が抜き出され、手首が捻《ひね》られるやいなや、小鉈《こなた》が楼門の天井の梁《はり》に身を潜めた影に向かって投げ打たれていた。

ぎえぇっ！

絶叫が響くと短弓を抱えた影が藤之助の前に、
どさり
と落ちてきた。

手斧《ておの》は胸部に突き刺さっていた。

藤之助は手斧を抜くと落下してきた射手を楼門の端へと蹴り転がした。

最後の石段は三十数段と長かった。

折から雲に隠れていた月が姿を見せて大音寺全山を照らし出した。

藤之助が孤影を引くように石段を上がり始めた。

石段の上に一つ影が立った。

そのとき、藤之助は石段の中ほどにいた。

袖なし羽織に裁《た》つ付袴《つけばかま》、一文字笠を被《かぶ》った武芸者は足元をしっかりと武者草鞋《わらじ》で固めていた。

「浪士団新道華之助《しんどうかのすけ》である。異人に与《くみ》して国を売る所業、悪辣《あくらつ》なり滑稽《こっけい》なり。伝習所剣道場教授方座光寺藤之助、討ち果す。天誅《てんちゅう》と心得よ」

険しくも言い放った相手が剣を抜くと腹の前に突き出すように構えた。

藤之助は小鉈を懐《ふところ》に戻すと藤源次助真《すけざね》の鞘《さや》を払った。

「時代は激しく変わっておる。頑迷に凝《こ》り固まった考えに酔い痴《し》れ、無益に命を捨てることもあるまいに」

「抜かせ！」

新道華之助の腹前に突き出された剣が右脇構えに移され、

だだだっ

と急な石段を恐れもなく駆け下ってきた。己《おのれ》の考えに身を捨てた狂信が剣を振りかぶる新道の行動から窺《うかが》えた。

きええっ！

藤之助に向かって五、六段と迫った新道華之助のがっしりとした五体が虚空に飛んだ。

その行動を目の端で追いながら藤之助は、

ふわり

と斜め後方、数段下の石段へと飛び下がっていた。

新道は狙いを付けた石段、藤之助がいた場所に着地しようとした。

目標を失った新道は、左足を踏ん張りつつ、石段に飛び下り、腰を沈めると衝撃を拡散させようとした。さらに痺《しび》れる足を堪《こら》えて、藤之助が移動した場所へと第二の攻撃をかけた。

脇構えの剣を上段に振り翳《かざ》して一気に勝負を掛けた。

「攘夷にござる」

新道華之助がしゃがんだ姿勢から伸び上がりざまに藤之助へと飛んだ。

藤之助もまた元いた場所へと戻るように踏み込んでいた。

新道は上段からの必殺拝み撃ちに全てを賭けた。

藤之助の繰り出す助真は、伸び上がり、力を溜《た》めて振り下そうとする新道の脇腹へ疾《はし》った。

狙いすました胴斬りだ。

新道の足腰は未《いま》だ石段に飛び降りた衝撃に痺れて、いつもの動きを発揮できなかった。

一方、藤之助は信濃伊那谷《しなのいなだに》に流れる天竜川《てんりゅうがわ》の激流が岩場にあたって砕け散る動きに想を得た、

「天竜暴れ水」

を余裕を持って演じ切った。

藤之助にとって石段を後ろ向きに飛び降りるなど何事でもなかった。
十分に相手の動きを読んで行動した藤之助の胴斬りが数瞬早く新道華之助の脇腹に到達して、深々と斬り割っていた。
わあぁっ！
叫びを残した新道華之助が石段に踏み止まろうとして踏み止まりきれず、顔面から石段に叩《たた》きつけられると、
ごろりごろり
と石段下へと落下していった。
藤之助は助真《すけざね》に血振りをくれると石段を再び上り始めた。
石段の戦いを闇の中から見ていた目が、
すうっ
と気配を消した。
藤之助は石段を上がりきり、大林と山根の亡骸を戸板に乗せた一行が静々と藤之助に続いてくるのを見た。その傍らにはいつでも巻衣の下に隠された小型の輪胴式連発短銃に手を掛けられる姿勢で付き従う玲奈があった。
一行が本堂前の境内に上がり切った。

本堂の両側に一対の松が植えられ、本堂に明かりが点《とも》されて、読経の声が流れていた。

本堂の左右に長い建物があって境内を左右から囲んでいた。

藤之助は宗門御改《おあらため》の大久保純友《おおくぼすみとも》と相次いで長崎入りしたという夏越六朗太《なつごしろくろうた》が頭分の浪士団の気配を探った。

だが、その気配は今やないように思えた。

「ご免《めん》」

藤之助の声に読経の声が中断して、大音寺の当代住職泰然《たいぜん》が姿を見せた。袈裟《けさ》の襟《えり》元《もと》に書状のようなものが差し込まれて見えた。

「和尚どのじゃな」

藤之助の声に首肯した和尚の視線が玲奈に向かい、

「玲奈様、夜分に仏を運んで参られたか」

と聞いた。

「泰然様、高島家に縁ある仏様にございます。長州藩から勉学に来られ、浪士団に襲われて殺された模様、菩提を弔《とむら》ってほしいとお連れ致しました」

「浪士団とな」

「和尚、水戸《みと》藩に関わりがあるという夏越六朗太どのと浪士団は未だ当寺に逗留《とうりゅう》されておるか」

「そなた様は」

「伝習所剣術教授方座光寺藤之助にござる」

「そなた様が長崎で評判の座光寺様にございましたか」

「和尚の耳にどのような戯言《ざれごと》が届いておるか知らぬが、それがしが座光寺にござる」

「座光寺様、夏越様方は最前突如として大音寺から姿を消されました」

「なにっ、姿を消したとな。和尚、行き先を知るまいな」

泰然和尚が首を横に振った。

「夏越様からそなた様に宛てられた文を預かってございます」

「なに、それがし宛の文とな。拝見しよう」

襟元に差し込まれた書状が藤之助に渡された。小者が提灯の明かりを突き出し、藤之助が、
ぱらり
と書状を披《ひら》いた。短く数行の文字が見えた。

「な、なんと」

藤之助が玲奈に文を渡した。玲奈が文面に目を落とすと同時に、

「爺様！」

と叫んで文を手にしたまま、境内から石段へと走り出した。

「和尚、この亡骸を預ける」

泰然が頷くのを待たず、藤之助も玲奈の後を追った。

三

高島邸の豪壮な門は何事もなかったかのように森閑としていた。

玲奈が通用口を拳《こぶし》で叩き、名乗った。すると門の内側にいた不寝番《ふしんばん》がすぐに扉を開いた。

「嬢様、こげん夜中に何事で」

「稲葉佐五平《いなばさごへい》を起こして爺様の寝所に来るように伝えて」

門番の問いには答えず玲奈が命じた。命じたときには玲奈は小走りに母屋に向かっていた。

長崎町年寄《まちどしより》の屋敷は江戸にある大大名の上屋敷ほど豪壮な造りで、広さもあり、豪《ごう》

奢《しゃ》だった。長崎会所を通じて異国交易に携わってきた長崎町人の威勢の頂点が高島家ら町年寄の屋敷と暮らしぶりだ。

藤之助は玲奈が走る後に従うのが精一杯でいくつもの木戸口と庭を抜けた後、瀟洒《しょうしゃ》な南蛮風の庭園に出た。

「爺様」

玲奈が呼んだ。

藤之助は明かりが庭にうっすらと漏れていることに気付いて、

「玲奈、あれを見よ」

と教えた。玲奈が明かりに向かって走った。明かりは開かれたぎやまんの窓から洩《も》れていた。

二人は飛び込んだ。すると異国の絨毯《じゅうたん》が敷かれた洋間の卓上に洋灯《ランタン》が点《とも》されて、短刀が卓上に紙片と一緒に突き立てられていた。

玲奈はそれに目を止めず奥の部屋に駆け込みながら呼んだ。

「爺様！」

玲奈が飛び込んでいった部屋が了悦《りょうえつ》の寝所だろう。

藤之助は短刀に突き立てられた紙片の文字を見た。

「座光寺藤之助に申す。高島了悦の身柄そなたの命の代りに預かり候、夜明け七つ十郎原《じゅうろうばる》にて待つ、そなた一人にて参れ。攘夷浪士団夏越六朗太」

玲奈が戻ってきて藤之助の手の紙片を奪い取り、書き付けに目を落とした。

「玲奈、おれへの呼び出し状だ。十郎原とはどこにあるな」

藤之助は十郎原がどこにあるか知らなかった。

「一人で行く気」

玲奈の両眼が憤《ふん》怒《ぬ》の情にきらきらと光っていた。

血相変えた稲葉佐五平用人が飛び込んできた。

「嬢様、何事が」

「爺様が大音寺に逗留していた浪士団に攫《さら》われたのよ。座光寺様に呼び出し状が残されていたわ」

玲奈が紙片を稲葉用人に渡した。それを読み下した稲葉が、

「座光寺様、お一人で参られますか。なんとしても了悦様を助けて下され。人手が足りなければ長崎会所の若衆組に鉄砲持たせて山狩りばやって下され」

「用人どの、それでは却って了悦様の命が危うくなる。ここはそれがしに任されよ」

「私も連れて行かない気なの、私の爺様よ」

「さて、どうしたものか」

「あなた一人では十郎原に辿りつけないわ」

「道案内に同道すると申すか、致し方あるまい」

「藤之助、仕度が必要よ」

玲奈が厳然と命じた。

長崎から東へおよそ一里余り、眉嶽《まゆだけ》の端《はな》にあって北の衡鹿峰に連なる飯盛山《いいもりやま》は山容険絶にしてその頂、天に聳《そび》えるが如《ごと》く高かった。

飯盛山の連峰の一つ、衡鹿峰の東に位置するのが十郎原で、南には轟潭《とどろきたき》が控えていた。

十郎原の西南はもと公領にして、その昔は島原侯が支配した土地という。

長崎から東に向かう夜の山道を、月明かりを頼りに二頭の南蛮馬が早駆けしていた。

高島玲奈と座光寺藤之助だ。

玲奈は肩に射撃用の銃を背負い、前方を見据《みす》えて手綱を握り、決死の覚悟で猛然と愛馬を走らせていた。

長崎の山谷に慣れた玲奈ならではの芸当だ。

玲奈を信頼した藤之助は、ひたすら玲奈の後に従った。

玲奈は高島本家を出ると梅ヶ崎の蔵屋敷に向かい、突然の訪問に驚く奉公人に馬の仕度を命じた。

馬の仕度がなる間に蔵屋敷の地下に設けられた武器庫に藤之助を連れて入った玲奈は、輪胴式連発短銃を革帯で白衣装の脇の下に吊るした。さらに西洋式のゲーベル改良狙撃銃と遠眼鏡の入った革鞄《かわかばん》を選び出した。

「藤之助、散弾銃にたっぷりと実包を用意して」

多勢に無勢の戦いになると想定した玲奈が藤之助に指示した。

「よかろう」

といつもは小帆艇《しょうはんてい》の隠し戸棚に入れられているランカスター二連散弾銃を肩に斜めに負った。実包は革袋に入れて馬の鞍《くら》にぶら下げることにした。

「藤之助、草履《ぞうり》を脱ぎなさい」

玲奈が命じるままに草履を脱ぐと玲奈が、

「あなたの足に合わせて革足袋《かわたび》を試作させていたの」

玲奈が藤之助の足に足袋のように指先が二つ割れした、足首まで隠れる革足袋を履《は》かせた。

「なんとぴったりだぞ」

革足袋の底は弾力があってしなり、適当に固かった。

革足袋を足に履かせた玲奈は甲の上で交互に革紐《かわひも》を交差させて、最後の端をきつく結んだ。するとまるで自分の足の一部のように革足袋はぴったりと吸い付いた。

玲奈を真似《まね》てもう一方の革足袋を履いた。

「編み上げ靴がこれほど似合う人もいないわ」

袴の裾《すそ》を上げた藤之助は、革足袋の足で蔵屋敷の地下を歩き回った。革長靴よりはるかに履《は》き易《やす》かった。

そのとき、気になるものを見つけた。

「玲奈、あの樽はなにが入っておる」

「火薬だけど」

儀右衛門らが弾丸用に火薬を調合しようとしているのか。木樽には危険を示して骸《がい》骨《こつ》が赤で描かれていた。

「少々持参しようか」

「ならば導火線と火打ちも一緒に持っていくといいわ」

藤之助は樽の底に残っていた火薬を革袋に詰めた。

選択した武器と遠眼鏡を馬の鞍の左右に振り分け、玲奈を先頭に蔵屋敷を出たのが半刻前のことだ。

藤之助には二頭がどこをどう突き進んでいるのか見当もつかなかった。ひたすら馬の蹄《ひづめ》が狭い山道を踏み外さないように玲奈に従うのに必死だった。

山道がさらに険しくなり、玲奈の南蛮馬が藤之助の見上げる視界にあって、岩場の間に細く続く急坂を上がっていた。

「どうどうどう」

玲奈の手綱《たづな》捌《さば》きは柔軟にして巧みだった。革長靴に付けられた拍車で時折馬腹を撫《な》でるように触るだけで、馬に意思を伝えた。

ふいに玲奈と馬の影が消えた。

藤之助は一発鞭《むち》を呉《く》れて坂道を上がりきった。すると馬からひらりと飛び降りる玲奈の姿があった。玲奈が馬を止めた場所は平らな原で、そこからさらに急峻《きゅうしゅん》な斜面に笹藪《ささやぶ》が広がっていた。

馬を木の幹に繋ぎとめた玲奈が原の端に立ち、谷底を眺《なが》め下していた。

藤之助も下馬すると馬を繋いだ。

「山駕籠《やまかご》が投げ捨ててあるわ。爺様をここまで山駕籠に乗せてきたのよ」

藤之助も谷底を眺めた。岩場から木の枝や下草が折れたり倒れたりして、つい最前山駕籠が投げ捨てられたことを示していた。

「ここからは徒歩で行くしかないわ」

黙って頷いた藤之助は腰の藤源次助真と脇差、座光寺家四代喜兵衛為治《きへえためはる》が自ら鍛造した長治《おさはる》を腰に落ち着けるように差し直した。

スミス・アンド・ウエッソン社製の輪胴式五連発短銃は、ぴたりと脇の下に収まっていた。

散弾銃に実包を詰め、火薬を入れた革袋を腰にぶら下げた。

「仕度はなった」

玲奈はサーベル剣と射撃用の銃を背に斜めに負い、水筒を腰に頷いた。

「十郎原までどれほどある」

「山道一里、険しいから時間はかかるわ」

藤之助は月の位置を確かめた。

「八つはとっくに過ぎておる。急がねば七つに間に合わぬ」

「それが座光寺藤之助に気持ちの余裕を与えないという、あやつらの手なのよ」

「なんぞ策はないか」

「険しいけど獣道を行くわ」

「そなた頼みだ」

馬を捨てた二人は直《す》ぐに笹藪の原に入った。玲奈の息遣《いきづか》いを頼りに藪の中をひたすら進んだ。笹藪の高さは時に一間を越えているところもあった。この笹藪の中に獣道が走っていた。

もはや冬がそこまできていた。だが、二人は汗みどろで笹藪と格闘した。

どれほど突き進んだか、玲奈の足が不意に止まった。

「迷うたか」

行く手を岩壁が塞《ふさ》いでいた。高さ何丈もありそうな巨岩の壁だった。

顔を横に振った玲奈が岩清水に口を付けて喉を鳴らして飲んだ。

「一息つきなさい」

藤之助は玲奈を真似て、喉の渇きを止めた。

「十郎原はこの岩の上か」

「いえ、十郎原は私たちの立つ真下よ。まずあなたに十郎原の地形を知って欲しかったの」

「よき考えかな」

玲奈は巨大な岩壁を右手に回り込み、巨壁の頂へと藤之助を案内した。

頂は尖《とが》った岩峰が二つ並んだかたちをしていたが、その窪《くぼ》みに三畳ほどの広さの平らな場所があった。

二人はその平らな場所におりると負ってきた銃や火薬をいったん体から下した。

汗みどろの二人の顔を風が撫《な》でていった。

東雲《しののめ》の空にはすでに朝の気配があって、うっすらと橙《だいだい》色に染まろうとしていた。

「見て、あれが十郎原よ」

芒の原の中にぽっかりと楕円形の大きな原が広がっていた。二十数人の武芸者が居て戦いの場の仕度をしていた。

幔幕《まんまく》が張られ、床机三つが置かれた。床机の脇には銃が三挺ずつ銃口を合わせて立てられていた。その三挺の山が三つ、九人の銃撃隊というわけだ。

主なき床机が見詰める方向は長崎口だ。

「爺様はどこにもいないわ」

玲奈が遠眼鏡を覗《のぞ》きながら言う。

「玲奈、原っぱの東の芒原に小屋があるぞ。了悦様も夏越らも戦場ができるのをあの小屋で待ち受けているのであろう。われら、馬で突っ走り、獣道を上がってきた分、奴らが考えた刻限より一刻から半刻早く着いたからな」

「道案内が要《い》ると言ったでしょ」

「いかにもさようであったな」

と笑みの顔で答えた藤之助は、

「玲奈、ここからはそれがし一人で参る。そのほうが夏越らを無益に刺激しまい」

「私はこの岩場においてきぼりなの」

「玲奈は、ゲーベル射撃銃でそれがしを援護してくれ」

「ここからなら狙いを外すこともない、安心して暴れなさい」

藤之助は火薬を入れた革袋の紐を縛り直すと、ランカスター二連散弾銃を手にした。

「藤之助、爺様を助けて」

「命に代えても」

「藤之助の命に代る人はいないわ」

玲奈は藤之助の唇に指で触れた。

「参る」

藤之助は再び巨岩の頂から笹藪に下りた。視界は閉ざされたが、藤之助の脳裏には十郎原の地形図が出来ていた。

浪士団は藤之助を長崎口から姿を見せると想定して戦場を仕度していた。

藤之助はその期待に違わぬように長崎口へと向かって下った。

笹藪が途切れ、斜面がなだらかになると芒の原に変わった。

風に乗って声が聞こえてきた。

「あやつのことだ、何時《いつ》なんどき姿を見せぬとも限らぬ。急げ、銃には銃弾を込めておろうな」

と作業を急がせる声がした。

「小頭、弾丸は装填《そうてん》してございますれば、すぐに応戦できますぞ」

「油断は禁物じゃからな」

「小頭、そう案じることもございますまい。われら、長崎からどれほどの刻を要したと思われますな、それも日があるうちのことでしたぞ。この夜中に簡単に来られるものですか」

「伝習所剣術教授方座光寺藤之助は、化け物と申す者もおる。油断は大敵かな」

藤之助は散弾銃の実包を二発革袋から出して、左の指の間に挟《はさ》んだ。

芒の原から山道に出た。十郎原は半丁ほど左手だ。

藤之助は迷いもなく十郎原に向かった。山道の左右から差し掛けた芒の銀色がふいに途切れ、視界が開けた。

藤之助は歩みを変えることなく歩を進めた。二丁先に幔幕が風に靡《なび》いて見えた。

幔幕の左右に幟旗《のぼりばた》が立てられ、篝火《かがりび》が燃えていた。一本の幟旗には、

「尊攘」

と墨書されていた。十郎原の幟こそ争乱の幕末の時代の先駆けになった標語だった。もう一本には、

「幕府刷新浪士団」

とあった。

鳶《とび》が風に乗って十郎原の真上の空を飛び始めた。

戦場の仕度をする浪士団射撃手の一人が朝空を舞う鳶を見上げた。そして、地上に戻した視線の先に藤之助の姿を捉まえた。

「な、なんと奴が早」

「うーむ」

と小頭分が配下の者の異常に気付き、長崎口を見た。

そのとき、藤之助は幔幕の手前一丁の十郎原に差し掛かっていた。

「おのれ！」

小頭が銃に向かって走った。それに気付いた配下の射撃手らも自分の銃に向かって突進した。

藤之助が走り出したのもその瞬間だ。

三挺ずつ銃身を合わせて組まれた銃を急いで保持しようとしたために暴発する銃があったり、なかなか組み合わされた銃が解けなかったりして幔幕前で混乱と狼狽《ろうばい》が起こった。

「慌《あわ》てるでない！　相手は一人じゃぞ！」

小頭は銃を掴むと藤之助に振り向いた。すでに藤之助は幔幕まで十間余に迫っていた。

小頭が狙いを定めた。

藤之助は腰矯《だ》めにして引き金を引いた。一拍遅れて引き金を引いた小頭は相手の二連の大きな銃口から、
ぱあっ
と白い光が走ったのを見た。

その瞬間、腹部に強烈な打撃を受けて後方へふっ飛んで絶命した。

配下の者たちが銃をようやく保持して構えたとき、二発目の散弾が浪士団の射撃隊を見舞い、被弾させた。
三、四人が倒れ、残りの者たちが呆然《ぼうぜん》と立ち竦《すく》んだ。
装弾の猶予《ゆうよ》はなかった。そこで藤之助は腰の火薬を入れた革袋を掴むと、篝火に投げ込むと同時に地面に転がり伏せた。

その様子を見た射撃手の一人が鉄砲の狙いを定めて、引き金を引こうとした。

かちっ
と銃弾詰まりか、空撃ちの音が響いた。

玲奈は射撃銃を構えたまま、片目でその様子を岩場から眺めていた。

篝火に投げ込まれた火薬入りの革袋はなんの変化も見せないように思えた。

射撃銃の焦点を素早く合わせると引き金を絞った。銃に親しんだ玲奈は手練《てだれ》の早撃ちだ。

射撃銃の銃弾が狙い違わず篝火の真ん中に命中した瞬間、篝火から閃光《せんこう》が走った。

どどどーん！

十郎原に爆音が轟き、「尊攘」と「幕府刷新浪士団」の幟旗が四散して吹き飛んだ。

四

十郎原を白い煙が覆《おお》い、幔幕や床机など空に吹き飛ばされた布や木片が粉々になって落ちてきた。

座光寺藤之助は濛々《もうもう》たる爆風の中に立ち上がった。

空の散弾銃に装弾しようとしたが、指の間に挟《はさ》んでいた実包は転がった拍子にどこかへ吹き飛んでいた。

火薬臭い煙が薄れた。

篝火が倒れて燃えていた。

木枯らしを思わせる寒風が十郎原に吹き荒《すさ》んだ。爆発で粉々になった布や木片が渦を巻いて巻き上がった。

幾多の修羅場を潜り抜けてきたことをがっしりとした五体に塗《まぶ》した壮年の武芸者が独り姿を見せた。

「座光寺藤之助、攘夷により斬る」

「そなたは」

「市橋聖五郎」

「千人番所の勤番の経験がござったそうな。ならば長崎の立場も異国事情もお分かり頂きましょうに。ただ今の徳川幕府には異国の軍勢を追い払う力などございませぬ。そのお気持ちは勇ましいが、破壊力の砲艦に剣槍ではどうにも太刀打ちなりますまい」

「夷《えびす》に好き放題にされてたまるものか」

「そなたが佐賀藩から離れたのは渡辺崋山、高野長英様方が蛮社の獄に繋がれた折とか」

「昔の話を穿《ほじく》り返してなにになる。わが国土一寸たりとも夷の自由にはさせぬ」

市橋聖五郎の両眼が篝火を映してぎらぎらと光っていた。

一途に思い詰めた狂信者の眼差しだ。

そろり
と身幅のある剣を抜くと頭上に翳《かざ》した後、己の顔の正面に立てた。

刃が真一文字に藤之助に向けられて光った。

「長州藩の若い家臣、大林理介どのと山根荒三郎どの、ご両者の夢を潰《つぶ》したはそなたか」

藤之助の語調が険しく変わり、詰問した。

ふっふっふ
と含み笑いが狂信者の口から洩れた。それが長崎を密かに戦慄させた暗殺者の答えだった。

「許せぬ。志半ばに倒れた無念の五人の仇《かたき》を討つ」

藤之助が宣告すると藤源次《とうげんじ》助真《すけざね》二尺六寸五分を抜き放ち、市橋聖五郎とそっくりの構えにして頭上に立てた。

ぴたり
と決まった助真越しに藤之助が市橋を睨んだ。

いや、藤之助の眼差しは故郷信濃《しなの》の伊那谷《いなだに》の壮麗な光景を見ていた。藤之助の脳裏には諏訪湖《すわこ》から流れ出て遠州灘《えんしゅうなだ》に注ぐ天竜《てんりゅう》の大河が、海を抜くこと一万余尺の白根岳《しらねだけ》らの山並みが浮かんでいた。

両者は間合い数間で相似形の構えで向き合っていた。

市橋聖五郎の両眼は狂気に憑《つ》かれてぎらぎらとした焔《ほのお》を放ち、藤之助のそれは静謐《せいひつ》を湛《たた》えていた。

火と水。

数拍の睨み合いの後、腰を落とした市橋聖五郎が、

つつつ

と一直線に前進し、躊躇《ためらい》もなく藤之助の左肩へ腰を入れた電撃の袈裟《けさ》斬りを見舞った。

市橋のそれは己の必殺技を信じ切った潔さがあった。これが佐賀藩を離れて後、生死を懸けた修羅の場で磨き上げた一撃だった。

藤之助は市橋の動きを見ていた。

殺人剣の動きを見切っていた。

存分に引き付けた藤之助の立てられた助真が無心裡《り》に、

すいっ

と間合いに入った市橋聖五郎の脳天に吸い込まれるように落ちた。

滑らかだった市橋の動きが、

がくん

と止まった。

藤源次助真が市橋の額に止まり、それが、

すいっ
と水を切り分けるように垂直に落ちた。

血飛沫《ちしぶき》が、ぱあっ、と左右に大きく散り舞った。

市橋の鍛え上げられた五体が後ろ向きに崩れ落ちた。

藤之助は斬り下した構えのままに、芒の原から浮かび上がるように姿を見せた、もう一人の武芸者を見ていた。

総髪の下の貌の頬《ほお》は削《そ》げ落ち、六尺の身もまた無駄を削ぎ落とした鋭利な刃の危険を予感させた。

齢《よわい》五十いくつか、幽鬼を想起させた。

夏越六朗太の狂信は顔に感じられなかった。それだけに武芸者としては強敵と思えた。

「夏越六朗太どのか」

「いかにも」

芒の原から高島了悦が引き出されてきた。後ろ手に縛られた老人の縄の端を、浪士の一人が引き据え、白鉢巻《はちまき》をした仲間二人が左右から介添えしていた。

「長崎町年寄高島了悦、われらが攘夷の旗揚げの血祭りにしてくれん」

夏越が厳《おごそ》かに宣告した。

「攘夷とは無辜《むこ》の人士を斬り、犠牲にすることか」

「夷どもにこの国を穢《けが》させぬ」

「そなたら、清国の二の舞を演じる気か」

「異人の血が混じった女に誑《たぶら》かされおって」

夏越六朗太が玲奈のことを持ち出し、片手を上げた。

高島了悦の傍《かたわ》らに控えていた武芸者が了悦をその場に引き据えて座らせた。了悦が覚悟した眼差しで藤之助をちらりと見ると息を整え、両眼を閉じた。

死を覚悟した諦観が長崎会所を率いてきた高島了悦の五体から漂った。

両足を踏ん張った武芸者の剣が振り上げられ、一拍溜めた後、了悦の首筋に振り下ろされようとした。

その瞬間、十郎原に銃声が響いた。

玲奈がゲーベル射撃銃を狙い澄まして放った一撃は、剣を振り下ろそうとした武芸者の白鉢巻の額を見事に射抜き、

ぽうっ

と赤く血で染めた。

続いてもう一撃、縛《いまし》めの縄の端を持った浪士の一人の胸部に銃弾が命中し、後ろへと吹き飛ばした。

「高島了悦様」

藤之助の呼びかけに閉じていた両眼を見開いた了悦が、よたよたと藤之助の下へと這《は》ってきた。

それを最後に残った浪士が追おうとしたが、一瞬早く藤之助が駆け寄り、自らの防衛線の中に了悦を迎え入れていた。

藤之助が助真の切っ先で了悦の縛めを切り解いた。

「ふうっ」

と了悦が安堵《あんど》の息を吐《つ》いた。

「高島様、よう頑張られましたな」

「この激動の世の中の結末を見んで死ぬのはちと悔しいと思うておったところでな」

「了悦様は長崎に、いや、日本に必要なお方にございます」

「そう申されるのは座光寺様くらいですよ。あの攘夷狂いどもはこの了悦を異人の回し者、売国奴と蔑《さげす》みおりました」

と了悦が夏越を睨んだ。

「夏越六朗太どの、水戸にお戻りなされ」

藤之助の言葉に夏越の削《そ》げ落ちた貌に、
すうっ
と殺気が走った。

幽鬼は憤怒と憎悪の感情に激していた。

「このまま水戸に戻り、どの面《つら》下げて斉昭《なりあき》様にお目にかかれようぞ」

行動の背後に水戸があることを思わず夏越は洩らした。

「愚か者が」

夏越が剣を抜き、正眼に置いた。

藤之助は、

「了悦様、後ろにお下がり下され」

と命じると息を整え、助真を夏越六朗太と同様の正眼に置いた。

「相手の得意技に合わせ、斃《たお》す」

藤之助の決意だった。

「小童《こわつぱ》、参れ」

夏越六朗太が藤之助を挑発した。

藤之助は正眼の構えのまま静かに瞼《まぶた》を閉じて瞑想《めいそう》に入った。

信濃一傳流奥傳《おうでん》にもない両眼を塞いでの構えだ。

「おのれ、嘗《な》めくさって」

夏越が罵《のの》り声を上げ、構える位置を藤之助の正面から横手へとじりじりと移していった。

藤之助の閉じられた両眼は、夏越六朗太が今までいた場所に向けられたままだ。

夏越はその身をおよそ一間ほど横手に移した。さすがに歴戦の兵《つわもの》、その移動は気配もなく行われた。

夏越六朗太は、

(長崎を騒がす座光寺藤之助ほどの剣客、移動を承知)

と読んでいた。

なんと夏越六朗太も藤之助に合わせたように両眼を閉ざした。すると夏越の気配が吹き荒ぶ烈風に紛れるように消えた。

夏越六朗太はゆっくりと蟹《かに》の横這《よこば》いで藤之助を中心にしてさらに移動を続け、横手に到達した。

そこで夏越六郎太の動きが変じた。元の場所へとゆるゆると時をかけて戻っていったのだ。

高島了悦には三刻とも四刻とも思えるような長い時間が流れた。

十郎原に吹き荒ぶ風がふいに止んだ。

かあっ
と夏越六朗太の両眼が見開かれ、
すいっ
と一直線に踏み込んだ。

藤之助は待っていた。

不動の姿勢で十郎原の、

「気」

が動く様《さま》を読んでいた。

正眼の藤源次助真が踏み込んでくる夏越六朗太の喉元に向かって、ただ差し伸べられた。斬ったのではない、ただ両手が伸ばされたのだ。

その助真の切っ先にまるで吸い寄せられるように夏越六朗太が飛び込んできて突き刺さり、切っ先がその瞬間、虚空へと鋭角に刎《は》ねられた。

夏越六朗太が踏み込む姿勢のままに立ち竦《すく》んだ。

静止した、無言の時間が過ぎた。

「座光寺藤之助、悔しやな」

夏越の口が緩慢に動いて呟きが洩れた。そのせいで喉元の斬り口から、
ごぼごぼ
と血が噴出し、腰が沈み込むと、
つつつ
と後退して、枯れ木が崩れ落ちるように斃《たお》れ込んだ。

「藤之助、爺様！」

玲奈が十郎原の決闘の場に芒の中から飛び出してきたのはその直後だ。

玲奈の足が止まり、助真を虚空に刎ねて残心の構えの藤之助と、生死の交錯した光景を言葉もなく見詰める了悦を見た。

「爺様」

玲奈の声が涙に塗《まぶ》されていた。

呆然と壮絶な戦いを見ていた浪士団の生き残りの顔に恐怖が走った。

藤之助が両眼を見開き、

「そなたの務めは夏越どののらの後始末、よいな」

と諭《さと》すように言った。

藤之助は夕稽古に出た。まだ伝習所の講義は終わらぬのか、だれもいなかった。

見所《けんじょ》前に座った藤之助は神棚に向かい、拝礼した。

背に人の気配がした。

剣道場の空気が、
ぴりり
と固まったような気配だった。

藤之助は座したままゆっくりと後ろを向いた。

大目付宗門御改《おおあらため》大久保《おおくぼ》肥《ひ》後守《ごのかみ》純友《すみとも》だった。白面が紅潮していた。

「座光寺藤之助、負けた」

と大久保が洩らした。

「負けたとは」

藤之助が問い返した。

「そのほうが一番承知であろう」

「なんのことやら推測もつきませぬ」

「その口、塞いでみせる。戦いは始まったばかりじゃぞ、この純友が斃《たお》れるか座光寺為清《ためすが》が骸《むくろ》となるか。しくじりはせぬ」

「大久保様、大目付も交代寄合も直参《じきさん》旗本、公方様の家来に変わりはございますまい。今、なにをわれらがなすべきか、奉公の仕方も様々にございましょう」

「伊那の田舎侍が長崎に参り、南蛮踊りを見よう見真似で踊る気か。神君家康様以来、鎖国政策は幕藩体制の根幹である」

「大久保様、いつまで目を閉ざしておられるつもりですか。旗本八万騎と威勢を誇ったのは二百年も前のこと、二百年の惰眠《だみん》を貪《むさぼ》る間に彼我の差は歴然と開きました。大砲や砲艦に抗する術はなにか、われら、臥薪嘗胆《がしんしょうたん》、異国の科学軍事力交易を素直に学ぶときにございましょう」

「言うな、田舎侍が。わが国土、寸毫《すんごう》も異人に譲れぬ。異人かぶれの座光寺為清、覚悟して待て」

と言い放った大久保純友が剣道場を出ていった。するとそれを待っていたように長崎目付の光村作太郎と隠れきりしたん探索方の飯干十八郎が連れ立って見所脇の出入り口から姿を見せた。

「たれぞと話されておられたようですが」

「光村どの、独り言にござろう」

「若いのに独り言とはまた奇態なことで」

「なんぞ御用にございますか」

「三番崩れで捕まった十五人悉《ことごと》く牢死致しました」

飯干が答えた。

その貌に言い知れぬ憤怒の情があった。

「なんとむごいことを」

「長崎と江戸では宗門改めのやり方も違います」

藤之助が無言で頷いた。

「座光寺様、大音寺に参られた後、徹夜をなされた様子ですが、どうなされましたな」

と光村作太郎が聞いた。

「玲奈どのに誘われて高島家でつい夜を過ごしてしもうた」

「玲奈様と一夜を過ごしたと申されるので」

「話に夢中になってな、つい朝を迎えておった」

二人はしばし沈黙のまま藤之助を睨んでいたが、

「朝方、十郎原で爆発があったと奉行所に届けがございました。同輩には隠れきりしたんがなんぞやらかしたのではないかと申すものもありましてな、座光寺様はいかが考えられますか」

「十郎原がどこにあるかも、それがし存ぜぬ」

「ご存じない」

「座光寺藤之助、長崎に参りようやく一年、知らぬことばかりでな」

「そう聞いておきましょう」

「ご両者、大音寺に一時滞在した浪士団、長崎より姿を消したという話を漏れ聞いた」

「だれにと問い返してもお答えございますまいな」

「近頃物忘れも激しゅうなった」

「座光寺様、お若いのです、気を付けて下され」

と飯干が応じたとき、一柳聖次郎《ひとつやなぎせいじろう》らが剣道場に駆け込んできた。

翌日、座光寺藤之助は離任する長崎奉行川村対馬守修就《かわむらつしまのかみながたか》を日見峠《ひみとうげ》まで見送っていった。

冬晴れの日で十万石格の長崎奉行一行と見送りの者は、峠の茶屋で別離の酒を酌み交わした。

再び行列が揃《そろ》えられた。

藤之助が見送りの一同とは少し離れた場所に立っていると厠《かわや》にでも立ち寄ったか、川村一人が姿を見せて、

「座光寺藤之助、そなたが長崎に参って以来、あれこれとよう楽しませてもろうた」

「はっ、恐縮にございます」

「先行きなにが起こるやも知れぬ。好漢自重し、大きな華を咲かされよ」

「お言葉肝《きも》に銘じます」

頷き返した川村が乗り物に消え、行列が矢上《やがみ》宿を目指して木枯らしの吹く峠道に消えていった。

長崎に戻った藤之助は、

「不老仙菓長崎根本製 福砂屋《ふくさや》」

の看板が掛かったカステイラの老舗《しにせ》を訪ねた。すると番頭の早右衛門《そうえもん》が、

「高島玲奈様はもうお出でですよ」

と告げた。店の奥へと早右衛門に案内されていくと福砂屋の三姉妹の笑い声が賑《にぎ》や

かに響いて、

「座光寺様は玲奈嬢様にぞっこん惚れておられるそうですが真《まこと》ですか」

と末娘のあやめが無邪気にも問う声がした。

「あやめ様、それは違いますよ」

「あら、違うのですか」

「反対に玲奈が座光寺藤之助に惚れたのです」

「あれっ」

と三姉妹の驚きの声がして、玲奈の笑い声が藤之助の耳に軽やかにも伝わってきた。

解説

児玉　清

読書の楽しさ、小説を読む喜びをこれほど見事なまでに与えてくれる作家がいてくれるとは。毎回、読了後、満足感と至福の気持で次作を待ち詫《わ》びるということになる佐伯泰英書下ろし時代小説は、僕の人生にとって最高に嬉《うれ》しく有り難い存在なのだ。疲れたとき、妙に悲しいとき、心が晴れ晴れしないとき、あるいは気持は平穏なのになぜか浮き立たずモヤモヤしているとき、なにか人生に物足り無さを感じているとき、もっと元気になりたいとき、傷ついた心を癒《いや》したいとき、世の中への失望感と幻滅感に打ちのめされてしまったとき、仕事がうまくいかなくて悩んでしまったとき、僕はいつも佐伯さんの時代小説シリーズのどれか一冊を手に取り、そっと頁《ページ》を開く。

するとたちまちにして僕の心は、優しさと温かさに包まれる。主人公のたくましさと力強さに勇気づけられシャンとし、なにやら心の底から正しく生きる力が湧いてくるのだから有り難い。だから、言うなれば佐伯さんの時代小説は、僕にとっては心を正す最良の妙薬なのだ。

だが同時に、そこにはいつも危険が待っている。と言うのも、一度手にして頁を繰りはじめたら、いや一旦《いったん》読み出したら、もうやめられなくなってしまう危険だ。誰かの歌で大ヒットした歌詞にある〝もう、どうにも止まらない〟という奴だ。仕事が混み入ってるときに読みたさ一心で手にしたら、それこそもうどうにも止まらなくなってしまって、これでは明日の仕事に差しつかえてしまう、何度も本を閉じ、ベッドサイドのスタンドを消して寝ようと試みるのだが、頭の中は主人公の今後の行方が気になって気になってどうにも寝つけない。たまらず、また電気をつけて読み進める、こんなことを四、五回続けているうちに結局は全部読んでしまい、もうそのときは明け方に近い時刻になってしまっている。翌日の仕事が寝不足で散々なことになったなど何度あったことだろうか。

同じことは僕の周囲でも沢山起っている。佐伯さんのシリーズを紹介すると皆、夢中になってしまって寝不足が続く。先だってもある若手の売れっ子の俳優の一人に、面白い本があったら教えてください、と言われたので、佐伯さんの「居眠り磐音《いわね》江戸双紙」と「密命」と目下僕が夢中の「交代寄合伊那衆異聞」シリーズを教えたところ、一ヵ月ほどして、気息奄奄《きそくえんえん》といった声で電話がかかってきた。面白過ぎて、読みはじめたら止まらなくなり、毎日が寝不足の連続で疲労困憊《ひろうこんぱい》状態、何とかしてください、助けてください、という悲痛の電話であった。僕は思わず、ねッ、と言いながら佐伯さんの住まいと思われる方向の空に向ってVサインを送ったのだが。

僕は紹介した先々での友の嬉しい悲鳴を聞き乍《なが》ら、新しい紹介先には必ず「寝不足覚悟でお読みください!!」と念を押しているのだが、依然として〝助けてくれ!!〟の悲鳴は絶えない。つまり、それだけ佐伯さんの書く時代小説は凄いほど面白いのだから、これから手に取る方は御用心、御要心!!

とまあ、前置きが長くなってしまったが、今回みなさんが手にした一冊は「交代寄合伊那衆異聞」シリーズの第六巻の『攘夷』。第一巻『変化《へんげ》』にはじまり『雷鳴』『風雲』『邪宗』『阿片』に続く本編は、物語がいよいよ佳境に入り、物語のヒーロー、快男児座《ざ》光寺《こうじ》藤之《とうの》助《すけ》と、彼と固い絆《きずな》で結ばれたエキゾチックな美女のヒロイン玲奈《れいな》の予断を許さぬ二人の行末に熱き心を揺さぶられることとなる作者会心の面白冒険時代小説。

作者がこのシリーズの舞台に選んだのは、まさに疾風怒濤の時代の劇的な転換期。

二百数十年の長きにわたって平安の眠りをむさぼっていた徳川幕府の屋台骨が、ペリー提督率いる四隻の黒船到来によって一挙に根底から揺さぶられ、泰平の世は期せずして動乱の世へと変わった。動転し、迷走する幕府、その間に台頭してきた薩摩《さつま》と長州藩《ちょうしゅう》。尊皇か攘夷か、世は騒然とする中で血で血を洗う暗闘が続く。あとにも先にも日本の歴史上、最高に熱く燃えた波乱万丈のエキサイティング・ピリオドを駆け抜ける風雲児藤之助を追う物語は、作者が満を持して彼の愛する読者に放ったファン必殺のシリーズ。作者が腕によりをかけて、歴史上これ以上ない劇的な時代背景を舞台に描く壮大にして爽快な幕末物語は激しくも熱く読者の心を滾《たぎ》らせてくれる。

このシリーズのそもそものはじまりは、ペリーが江戸湾に再来し、日米和親条約が締結された翌年の安政《あんせい》二年（一八五五）十月の世に言う安政の大地震からスタートする。このときから十三年後の一八六八年には明治の世を迎える訳だから、いかに時代の変化が短い期間にぎゅっと凝縮されていたかというその凄まじさがわかろうというもの。爾来《じらい》、今回までの五巻の経緯と一年間にわたる座光寺藤之助の活躍を、本書の述懐で振り返ってみよう。

藤之助の頭にふと伊那谷《いなだに》から江戸に出てさらに長崎へ、すぐに一年の節目がやってくるという考えが湧いた。

一年前、本宮《ほんぐう》藤之助は無心に剣術修行に打ち込んでいた。

相手は信濃国《しなののくに》諏訪湖《すわこ》から流れ出て遠州灘《えんしゅうなだ》に注ぎ込む天竜川《てんりゅうがわ》であり、伊那谷を割って流れる雄渾《ゆうこん》な天竜の背後に立ち塞がる伊那山嶺、さらにその後ろに海を抜くこと一万余尺の白根《しらね》岳《だけ》、赤石岳《あかいしだけ》など重畳《ちょうじょう》たる山並であった。

藤之助は山吹《やまぶき》陣屋の大地に立って川と山に向かい、木刀を構えた。

「構えは天竜の流れの如《ごと》く悠々たれ、赤石岳の高嶺の如く不動にして大きく聳《そび》えよ」

これが師の片桐朝和神無斎《かたぎりあさかたじんむさい》の教えだった。

「流れを呑め、山を圧せよ」

戦国以来の実戦剣法、信濃一傳流《いちでんりゅう》の唯一無二の伝だ。あとは力と速さで押し切る剣法だ。

藤之助はこの素朴にして気宇壮大な剣法に独創の技を自ら工夫して加えた。（中略）

藤之助は無骨な信濃一傳流の二之手として天竜の激流が岩に当たって砕け散る光景を取り入れた。

飛沫《しぶき》はどこへ飛ぶとも予測がつかなかった。ぶつかった勢いで虚空に上がり、あるいは後退して飛び散り、斜め前方へと跳《は》ねた。

藤之助はこの予測もできない激流が砕け散る光景をおのれの剣法に取り入れ、乱戦の技とした。その名も、

「天竜暴れ水」

そんな稽古《けいこ》に無心に明け暮れていた。

藤之助の暮らしを一変させたのは安政二年十月初めに江戸を襲った大地震だ。

伊那谷を早馬が駆け抜け、天変地異が江戸を襲ったことを伝えていった。

剣術の師であり、陣屋家老の片桐朝和が藤之助ら五人の若い家臣を選んで、江戸屋敷の様子を見て参れと命じた。

伊那谷の座光寺山吹領を出た五人は、江戸へと昼夜兼行で走り抜く使命が課せられていた。だが、一人が倒れ、二人目が路傍に伏せて、最後には藤之助一人に片桐の書状が託されたのだ。

藤之助が江戸で見たものは死者七千余人、怪我人二千余人、倒壊した家屋一万四千余戸という未曾有《みぞう》の災害であった。

後に安政の大地震と呼ばれることになった災害が交代寄合《こうたいよりあい》衆と呼ばれる旗本座光寺家千四百十三石の下士の本宮藤之助をなんと座光寺家の当主に変身させ、江戸を離れて遠く長崎まで藤之助を導くことになったのだ。（中略）

この一年、短くも長かった。

世間しらずの藤之助は百戦錬磨の姉様女郎のように強《したた》かに変貌していた。（本文より）

という訳で、長崎というこれまた日本で唯一外国文化との接点であり、触覚であった超ホットな地で繰りひろげられる剣豪藤之助の物語は、幕府御禁制の邪宗に一身を捧げる隠れキリシタンの摘発が一段と厳しくなるなかで変幻自在に出没し彼らを救《たす》け、見えざる凶悪に立ち向う大活躍冒険譚。長崎の娘が異国の男と恋に落ち、禁断の恋から生まれたエキゾチックで奔放《ほんぽう》な魅力溢《あふ》れる美女玲奈とのラブロマンスとともにスリリングに巻末へと疾走する。

作中に登場する勝麟太郎《かつりんたろう》こと勝海舟《かいしゅう》は謎の武芸者との死闘をくぐり抜けた藤之助に「日本を突き動かしている時代の波が座光寺先生を風雲の渦中におくのです。その武芸者、夷狄《いてき》やばてれんを友にする心得違いを正すと申したのですな」といったあと「外国列強が鎖国の日本を狙っております。われら、二百有余年の安寧《あんねい》の眠りに諸外国から立ち遅れ申した。政《まつりごと》も商いも軍事科学技術もすべて二百年の遅れをとった。このままでは清国同様に外国列強に滅ぼされる」とことばを継いだのに対し、藤之助は「勝先生、どうすればこの国を救えるのです」と思わず問いかける。さてわれらがヒーロー藤之助は日本を救うためにどんな大役を担うことになるのか、それは本編を読んでのお楽しみ。しかも物語は来るべき第七巻第八巻そしてさらに続くのだから、まさに至福のときの大連続、いやあもうたまらない嬉しさ。

では翻《ひるがえ》って、なぜ佐伯時代小説はかくも僕の心を捉えるのかを話してみたい。まず確認したいのは僕の読書スタイルだ。言ってみれば僕は必ず物語の主人公、つまりヒーローやヒロインに自分の心を託して読書するタイプなのだ。物語の読み方としては原始的な読み方かも知れないが、どうしてもそういう読み方になってしまうのだ。どっぷりと主人公に感情移入して物語の世界を共に生きる。架空の世界をヒーローやヒロインと共に歩み、言うなれば日常の世界では決して体験できないであろう大冒険を疑似体験してしまう。意気地無しで弱虫、虫嫌いで蛇嫌い、汚いことや非衛生的な場所や環境に滅茶《めちゃ》弱い僕、剣を持ったことも無ければ、格闘技も身につけてない僕が、一度《ひとたび》ヒーローの身体《からだ》に入ればまさに百人力、ヒーローやヒロインの心を自分の心として冒険に生き恋に生き、大試練に耐え志をまっとうする。喜び悲しみ、憂い嘆き、発奮し、勇気を鼓舞し、泣き笑う。心はうるおい、感情の激しい起伏は日常にない壮凄なカタルシスをもたらす。なんと小説は僕にとって有り難い存在であるか。快い刺激は体内にアドレナリンをラッシュさせてくれる、これ若返りの秘訣とでもいうか。

しかし、そうなるためには条件がある。そう、もうお気付きのことと思うが、感情移入するに足る魅力的な主人公であることが絶対条件だということ。言葉を替えれば、僕がぞっこん惚《ほ》れこめる人間、いや人物でなければ、面白さも興奮も半減してしまう。何よりも肝腎要《かんじんかなめ》は主人公の魅力ということになる。

佐伯さんの時代小説に僕がぞっこんなのは第一に主人公たちの素晴らしさにある。彼らのまた彼女らの素敵さは特筆に値する。僕の出逢った最初の主人公は居眠り磐音こと坂崎磐音《さかざきいわね》。電光石火とも思える一目惚れだ。心根は優しく、爽《さわ》やかで颯爽《さっそう》としていて男らしい。しかも滅法《めっぽう》強い。春風駘蕩《しゅんぷうたいとう》、陽だまりの縁側でのんびりと昼寝している猫を思わせる剣の構えだが、一旦《いったん》動きに転じれば疾風《はやて》のごとき俊敏さでの必殺の一撃を秘めている。柔と剛を併せ持つ磐音の人物そのままに、初心で純情だが、世の理《ことわり》に通じ、無類の智恵者でもある。決して驕《おご》らず高ぶらず常に質素を旨とし、日々の浪人生活の生計《たつき》は鰻割《うなぎさ》きで稼ぐ。常に心を正し、襟《えり》を正して生きる様《さま》はまことに天晴《あっぱ》れの一言。一目惚れの僕はその後巻を重ねれば重ねるほど益々《ますます》磐音の人柄の魅力にひきつけられていった。彼の心情に添い、心を正され、邪悪な敵に敢然と立ち向かう磐音に心の底から「頑張れ!!」「やっつけろ!!」「負けるな」と眦《まなじり》を決する思いで応援する。そして彼の惚れるおこんさんの魅力一杯の女らしさにぐんぐんと心が傾いていく。「密命」シリーズの金杉《かなすぎ》父子も本書の藤之助も魅力的で僕の心を瞬時に虜《とりこ》にしてしまったのだ。

ある対談の席で佐伯さんに「魅力的な人物を佐伯さんは、じつに自然につくってらして凄い。主人公たちのまっとうな生き方、考え方がとても心を打ちますし、いまの日本にはなくなってしまった爽やかなよき大人の、男らしさが心に眩《まぶ》しい。こうした人物造形は佐伯さんご自身の日ごろ考えてらっしゃることや、ご経験などから、折にふれ本の中で生かされ、自然に生まれてくるものなのでしょうね」と申し上げたところ、なんと佐伯さんから返ってきたのは、「つまり、作者自身とはまったく違う人物像」という言葉で大爆笑となったのが懐かしく楽しく思い出される。衒《てら》いのなさ、含羞《がんしゅう》、他人に褒《ほ》められても我が意を得たりとばかりに相好《そうごう》を崩すことなく、巧まざるユーモアで答える。僕が流石《さすが》佐伯さんは見事と申し上げたら、佐伯さん曰《いわ》く「いやあ、それはね、何十年も売れなかった作家の悲哀が詰まっているからです」ということで、さらに佐伯さんが大好きになってしまったことも付け加えておく。

主人公の魅力が無ければと縷縷《るる》書いてしまったが、僕が作家を好きになるもう一つの欠かせない大切な条件は、作中の兇悪が、大悪が、いかにしっかり悪として書かれているかにある。つまり悪人を描く巧みさだ。敵方の闇が大きく、無気味で深ければ深いほど、主人公との葛藤《かっとう》と軋轢《あつれき》に凄《すご》みが増し、主人公のピンチは読者の心にただならぬ緊迫感を生む。佐伯さんは悪を書くのも憎いほど達者なのだ。

大好きな佐伯時代小説について語ることは山ほどあるが、字数に限りもあるので最後に僕を夢中にさせてくれる剣法についてふれてみる。本書の座光寺藤之助にしても居眠り磐音にしても金杉父子にしてもみな優れた剣の遣《つか》い手であり、剣豪と呼ぶにふさわしい独自の剣法を持っている。彼らが敵と対峙《たいじ》するときの決闘シーンには佐伯さんの創意と工夫が見事に生かされていて毎度しびれる。それは作者の描写力、筆致の優れていることにもよるが、毎度、思わず息を飲むといった切迫感、リアリティがあるからで、このあたりは実に佐伯さんの独壇場ともいえる点なのだ。現実に剣と剣の果たし合いなど見ることもない僕なのだが、佐伯さんの作品では、きっとそうに違いない、と心底納得させられてしまう一撃に込められた恐ろしいまでのリアリティがある。間合いが縮まる。こちらは固唾《かたず》をのんで両者の出方をうかがう。どちらかが死の待つ間合いに踏みこむ。そのきっかけは別の人間の声であったり、風のざわめきであったり、関係ない人間の動きであったりする。その意表を衝《つ》くといった転機は、「こしらえもの」でないリアリスティックさで斬撃の瞬間へと導く。まさに迫真を思わせる衝撃となって読む者の心を颯《さつ》と震わせる。これはスペインで毎日のように闘牛の世界に浸《ひた》っていた佐伯さんの稀有《けう》な体験から生まれたものでは？　と佐伯さんに質問したことがあった。佐伯さんの答えは次のようなものであった。

「闘牛という伝統芸能は野性の好戦性を高めるために特別に飼育された牛と、それを殺す訓練をしてきた剣士の対決で、どちらかが斃《たお》されて幕が下りる。それを毎日身近に見ていたわけですから、牛の恐怖も剣士の迷いもわかる。そして、それを乗り越える勇気もね。闘牛の殺し技は簡単にいうと三つしかない。一つ目は飛び技で不動の牛に剣士の側が仕掛ける。二つ目は受け技で剣士は不動で牛を呼び込む。三つ目はクロスカウンターで、間合いのまんなかで、両者がぶつかる。闘牛士は牛の二つの角のあいだに剣を突っ込んで背の隆起部を刺す。牛は剣士の右内股、俗にいう闘牛士の死の三角地帯を下から掬《すく》い上げる。突きと、下段からの突き上げの真っ向勝負です」

どうですか、佐伯さんの決闘のシーンのリアリティはこの体験から生まれていると、なにやらぞくぞくする感動とともに納得しますよね。さぁ、これからは決闘のシーンがさらに楽しみになりましたね。では藤之助にしっかりと心を託して悪を斬り、恋に心を溶かし、「交代寄合伊那衆異聞」シリーズにどっぷりと浸ろうじゃありませんか、さすれば立ち処にあなたの心のウサは見事に晴れること間違いなし。

本書は文庫書下ろし作品です

|著者|佐伯泰英　1942年福岡県生まれ。闘牛カメラマンとして海外で活躍後、国際冒険小説執筆を経て、'99年から時代小説に転向。迫力ある剣戟シーンや人情味ゆたかな庶民性を生かした作品を次々に発表し、平成の時代小説人気を牽引する作家に。文庫書下ろし作品のみで累計1500万部を突破する快挙を成し遂げる。「密命」「居眠り磐音江戸双紙」「吉原裏同心」「夏目影二郎始末旅」「古着屋総兵衛影始末」「鎌倉河岸捕物控」「酔いどれ小籐次留書」など各シリーズがある。講談社文庫では、『変化』『雷鳴』『風雲』『邪宗』『阿片』に続き、本書が「交代寄合伊那衆異聞」シリーズ第６弾。

攘夷《じょうい》　交代寄合伊那衆異聞《こうたいよりあいいなしゅういぶん》

佐伯泰英《さえきやすひで》

講談社文庫

定価はカバーに
表示してあります

2007年11月15日第１刷発行
2007年12月６日第２刷発行

発行者——野間佐和子
発行所——株式会社　講談社
東京都文京区音羽2-12-21　〒112-8001
電話　出版部（03）5395-3510
　　　販売部（03）5395-5817
　　　業務部（03）5395-3615
Printed in Japan

デザイン—菊地信義
本文データ制作—講談社プリプレス制作部
印刷———大日本印刷株式会社
製本———株式会社千曲堂

落丁本・乱丁本は購入書店名を明記のうえ、小社業務部あてにお送りください。送料は小社負担にてお取替えします。なお、この本の内容についてのお問い合わせは文庫出版部あてにお願いいたします。

ISBN978-4-06-275888-8

講談社文庫刊行の辞

二十一世紀の到来を目睫に望みながら、われわれはいま、人類史上かつて例を見ない巨大な転換期をむかえようとしている。

世界も、日本も、激動の予兆に対する期待とおののきを内に蔵して、未知の時代に歩み入ろうとしている。このときにあたり、創業の人野間清治の「ナショナル・エデュケイター」への志を現代に甦らせようと意図して、われわれはここに古今の文芸作品はいうまでもなく、ひろく人文・社会・自然の諸科学から東西の名著を網羅する、新しい綜合文庫の発刊を決意した。

激動の転換期はまた断絶の時代である。われわれは戦後二十五年間の出版文化のありかたへの深い反省をこめて、この断絶の時代にあえて人間的な持続を求めようとする。いたずらに浮薄な商業主義のあだ花を追い求めることなく、長期にわたって良書に生命をあたえようとつとめるところにしか、今後の出版文化の真の繁栄はあり得ないと信じるからである。

同時にわれわれはこの綜合文庫の刊行を通じて、人文・社会・自然の諸科学が、結局人間の学にほかならないことを立証しようと願っている。かつて知識とは、「汝自身を知る」ことにつきていた。現代社会の瑣末な情報の氾濫のなかから、力強い知識の源泉を掘り起し、技術文明のただなかに、生きた人間の姿を復活させること。それこそわれわれの切なる希求である。

われわれは権威に盲従せず、俗流に媚びることなく、渾然一体となって日本の「草の根」をかたちづくる若く新しい世代の人々に、心をこめてこの新しい綜合文庫をおくり届けたい。それは知識の泉であるとともに感受性のふるさとであり、もっとも有機的に組織され、社会に開かれた万人のための大学をめざしている。大方の支援と協力を衷心より切望してやまない。

一九七一年七月

野間省一

講談社文庫 最新刊

佐伯泰英
攘　夷
〈交代寄合伊那衆異聞〉
攘夷を叫ぶ浪士たちが玲奈の祖父を人質に。決闘の地へ向かう藤之助！〈文庫書下ろし〉

神崎京介
女薫の旅　今は深く
病弱な娘を持つ母と、受験を終えた才媛の疼きに応える大地。人気官能シリーズ第17作！

田中芳樹
ブラックスパイダー・アイランド
黒蜘蛛島
〈薬師寺涼子の怪奇事件簿〉
バンクーバーで日本人男女が殺された。魔女《ウイッチ》王《クイーン》・涼子がカナダの島で強引捜査&大暴れ！

本田靖春
我、拗《す》ね者として生涯を閉ず(上)(下)
「これを書き終えるまでは死なない、死ねない」。闘い続けた孤高の作家の生き様とは。

二階堂黎人
魔術王事件(上)(下)
残忍なる魔術王が函館の名家に伝わる家宝を狙う。名探偵・二階堂蘭子シリーズ傑作巨編！

和久峻三
遠野・京都 橋姫鬼女伝説の旅殺人事件
〈赤かぶ検事シリーズ〉
行天巡査部長に殺人嫌疑がかけられた。彼と親しいため、赤かぶは事件関与を許されない。

平岩弓枝
新装版 **おんなみち**(上)(中)(下)
女の人生の哀歓を香り高く描いて感動を呼ぶ平岩文学の精華。読みやすい文字で新装刊！

日本推理作家協会 編
犯人たちの部屋
〈ミステリー傑作選〉
石田衣良、有栖川有栖、朱川湊人……。ミステリー小説アンソロジーの、これが決定版！

デイヴィッド・ハンドラー
北沢あかね 訳
芸術家の奇館
偏屈な現代芸術家が住む町で謎の爆殺事件が。映画批評家と女性警官が事件の真相に迫る。

辻井喬
暗夜遍歴
解説＝田中和生　年譜＝柿谷浩一
政治と実業の世界の鬼であり、奔放な性を生きた父。父により人生を弄ばれた母。短歌に道を見出すことで、傷を癒し、自らを支えようとする母の姿を追う自伝的長篇。
つF1　198495-0

竹西寛子
贈答のうた
解説＝堀江敏幸　年譜＝著者
暮らしの中で詠み交わされた贈答のうた。勅撰和歌集、「源氏物語」、日記文学等の多彩な贈答歌を読み解き、日本人の精神史を浮かび上がらせる野間文芸賞受賞作。
たD7　198494-3

ドストエフスキー　訳＝小沼文彦・工藤精一郎・原卓也　解説＝沼野充義　年譜＝小椋彩
鰐
ドストエフスキー　ユーモア小説集　沼野充義編
十九世紀半ばのロシア社会への鋭い批評と、ペテルブルグの街のゴシップを種にした、都会派作家ドストエフスキーの真骨頂、初期・中期の軽喜劇的《ヴォードヴィル》ユーモア小説集。
トA1　198496-7

講談社文庫　目録

講談社文庫　目録

清水義範 西原理恵子・え　おもしろくても理科
清水義範 西原理恵子・え　もっとおもしろくても理科
清水義範 西原理恵子・え　どうころんでも社会科
清水義範 西原理恵子・え　もっとどうころんでも社会科
清水義範 西原理恵子・え　いやでも楽しめる算数
清水義範 西原理恵子・え　はじめてわかる国語
清水義範 西原理恵子・え　飛びすぎる教室
椎名誠　フグと低気圧
椎名誠　犬の系譜
椎名誠　水域
椎名誠　にっぽん・海風魚旅〈怪し火さすらい編〉
椎名誠　くじら雲追跡編〈にっぽん・海風魚旅2〉
椎名誠　もう少しむこうの空の下へ
椎名誠　モヤシ
椎名誠　アメンボ号の冒険
椎名誠　風のまつり
東海林さだお 椎名誠　やぶさか対談
島田雅彦　フランシスコ・X
真保裕一　連鎖
真保裕一　取引
真保裕一　震源
真保裕一　盗聴
真保裕一　朽ちた樹々の枝の下で
真保裕一　奪取(上)(下)
真保裕一　防壁
真保裕一　密告
真保裕一　黄金の島(上)(下)
真保裕一　発火点
真保裕一　夢の工房
周大荒 渡辺精一訳　反三国志(上)(下)
篠田節子　贋《がん》作《さく》師《し》
篠田節子　聖域
篠田節子　弥勒
笙野頼子　居場所もなかった
笙野頼子　幽界森娘異聞
下川裕治 桃井和馬　世界一周ビンボー大旅行
下川裕治 篠原章　沖縄ナンクル読本
篠田真由美　未明の家〈建築探偵桜井京介の事件簿〉
篠田真由美　玄《くろ》い女神〈建築探偵桜井京介の事件簿〉
篠田真由美　翡《ひ》翠《すい》の城〈建築探偵桜井京介の事件簿〉
篠田真由美　灰色の砦〈建築探偵桜井京介の事件簿〉
篠田真由美　原罪の庭〈建築探偵桜井京介の事件簿〉
篠田真由美　美貌の帳《とばり》〈建築探偵桜井京介の事件簿〉
篠田真由美　桜闇〈建築探偵桜井京介の事件簿〉
篠田真由美　仮面の島〈建築探偵桜井京介の事件簿〉
篠田真由美　センティメンタル・ブルー〈蒼の四つの冒険〉
篠田真由美　月蝕の窓〈建築探偵桜井京介の事件簿〉
篠田真由美 加藤俊章絵　レディMの物語
重松清　定年ゴジラ
重松清　半パン・デイズ
重松清　世紀末の隣人
重松清　流星ワゴン
重松清　ニッポンの単身赴任
重松清　ニッポンの課長
重松清　愛妻日記
重松清 渡辺考　最後の言葉〈戦場に遺された二十四万字の届かなかった手紙〉
新堂冬樹　血塗られた神話

2007年9月15日現在